船手奉行うたかた日記

海賊ヶ浦

井 川 香 四 郎

幻冬舎時代小説文庫

船手奉行うたかた日記

海賊ヶ浦

目次

第一話　開けえ、海

一

浦賀《うらが》沖にロシア船が現れたと報《しら》せを受けた船手奉行・戸田泰全《とだたいぜん》は、

――またか……。

という恐れと同時に、今度ばかりは命を賭してでも、追っ払わねばなるまいなと思わざるを得なかった。

異国船打払令《いこくせんうちはらいれい》が出されたのは、文政八年（一八二五）のことである。イギリス船やロシア船が日本周辺にしばしば来訪し、許可なく上陸するようなことが原因だった。殊《こと》に、フェートン号事件と呼ばれる事件が起こってから、オランダとの長崎貿易だけを許していた幕府は、厳しく対処した。

フェートン号事件とは、幕府にとって衝撃の出来事だった。イギリス軍艦のフェートン号が、オランダの国旗を掲げて、長崎に入港したのだ。オランダ船だと思い込んだ商館長と長崎奉行は、オランダ商館員らを出島《でじま》沖に停泊中のその船に送ったところ、襲撃を受けて、オランダ商館員らが拉致《らち》された。さらに、フェートン号は大砲などで攻撃をしてきたのである。

長崎港の警備をしていた佐賀藩の武力をしても敵《かな》わず、フェートン号は、イギリスの国旗に掲げ直して、水や食料、燃料などを要求した。応じなければ、長崎湾内に停泊中の船をすべて焼き払うと脅してきたのである。渋々、長崎奉行は要求を飲むしかなかった。

フェートン号が立ち去った夜、長崎奉行は責任を取って切腹をしたのだが、この一件が幕府や諸藩に与えた影響は大きく、沿岸警備を厳しくすることとなり、さらに強固な鎖国態勢を敷くこととなったのである。

船手奉行所の仕事は主に、江戸湾内並びに江戸市中の河川に関する船舶運航や犯罪に対するものであって、湾岸警備は、船手頭《ふなてがしら》の向井将監《むかいしょうげん》を中心とする〝幕府水軍〟の務めであった。船手奉行が水上警察ならば、若年寄《わかどしより》支配の船手頭は、海上自衛隊と海上保安庁を合わせたような組織である。よって、船手奉行所の船が外国船と戦うことはないが、幕府の船を湾内で警備する務めはあった。

この日——。

戸田泰全は、浦賀奉行・長部《おさべ》八十輔《やそすけ》江戸屋敷に、船手番同心の早乙女《さおとめ》薙左《なぎさ》を連れて出向いた。浦賀奉行所並びに浦賀船番所と幕府との連絡係のために、浦賀奉行の役宅内に〝江戸役所〟を設けていたのである。

「お久しゅうございます、戸田様」

長部の家臣であり、幕府の与力《よりき》格の身分でもある岩下勝右衛門《いわしたしょうえもん》が出迎えて、老中・久松肥後守ら幕閣が、

――船手奉行は、浦賀奉行と連携して、異国船放逐の任に当たれ。

との命令を伝えたのである。

「むろん……船手頭の向井将監様とも、うまく立ち廻《まわ》って貰《もら》いたい。それが、久松様の願いでございます」

丁寧《ていねい》に述べる岩下の言葉には、浦賀奉行と船手頭を上手に結びつけて欲しいという思いがあった。浦賀奉行や船手奉行は老中支配、船手頭や川船番所《かわふねばんしょ》は若年寄支配と、ややこしい関係にある。だが、いわば国難の折に、〝命令系統〟が輻輳《ふくそう》していては、いざというときに混乱してしまう。

よって、統括は浦賀奉行に集約しているが、万が一、異国船と戦うとなれば、船手頭が前面に出てくることになる。その際の、最前線での指揮は、向井将監が執る

ことなる。

だが、異国船と戦《いくさ》をするかどうかの決定は、老中や若年寄、大目付などの幕府中枢がすることであり、むろん将軍の命令で行われる。しかし、江戸と浦賀は遠く離れているため、緊急の折の命令は、浦賀奉行に一任されている。

「されど、何か齟齬《そご》があれば、我が殿はフェートン号事件の折の長崎奉行・松平図書頭《ずしょのかみ》のように自害せねばなりませぬ。私は家臣として、何としても、そういう事態にならぬよう、戸田様にお力添えを願いたいのです」

「むろんだ。ご老中からも直《じか》に言われておる。して、本当の訳は何かな」

と戸田は岩下に訊《き》いた。

「え……？」

「ご老中ではなく、浦賀奉行の〝江戸役所〟にわざわざ極秘に呼び出すとは、別の狙いがあってのことであろう」

戸田はトドと呼ばれるほど、でっぷりとした体つきである。いつも穏やかな顔つきで、声はおっとりとしている。それが余計に、不気味な迫力があるのだ。

「さすがは戸田様……お見通しでございますな」

そんなふたりの様子を、船手番同心の薙左も緊張の顔で見ていた。

「実は……」

岩下は神妙な面持《おもも》ちになって、

「あのシーボルトの恩恵を受けた者たちの中に、異国船に接近して外国に出て行こうと画策している輩《やから》がいるのです」

「シーボルトの……もしや、鳴滝塾《なるたきじゅく》にいた連中か?」

「詳細はまだ摑《つか》んでおりませぬが、諸国巡見視や目付《めつけ》の報せによれば、間違いないとのことです。むろん、老中の水野様や南町奉行の鳥居耀蔵《とりいようぞう》様による弾圧によって、渡辺崋山《わたなべかざん》は自刃《じじん》しており、高野長英は小伝馬町牢屋敷《こでんまちょうろうやしき》におりますれば……誰が指揮を執っているかは、はっきりしておりませぬ」

ドイツ人医師のフィリップ・フランツ・フォン・シーボルトは、オランダ商館の医師として文政六年に着任して後、診療所と学問所を兼ねた「鳴滝塾」を開いた。

そこで、高野長英や伊東玄朴《いとうげんぼく》、戸塚静海《とつかせいかい》、二宮敬作《にのみやけいさく》ら俊英が学んで、医学や蘭学《らんがく》の礎《いしずえ》を築いた。

また、五年にわたる日本滞在のうちに、最上徳内《もがみとくない》や高橋景保《たかはしかげやす》ら江戸の学者とも交流を深めたが、シーボルトはドイツ人でありながら、オランダ人と偽っていた。そのため、プロイセン政府の〝スパイ〟だという疑いが生まれて調べられ、帰国しようとした際に、日本地図の持ち出しが発覚した。そして、長崎出島に幽閉の後、国外追放となったのである。

シーボルトの関係者への処罰は数十人にも及び、眼科医の土生《はぶ》親子は葵《あおい》の御紋入りの羽織をシーボルトに贈った咎《とが》で、入牢になったりした。そのような幕府の弾圧に不満を抱《いだ》いている者たちの中には、高野長英を牢屋敷から連れ出そうとか、外国に逃げようとか、あるいは逆に異国船に戦をしかけて、江戸を混乱に陥れる陰謀を考えている者もいた。

幕府はそういう不穏《ふおん》分子を根絶やしにしようと躍起になっていたが、その一方で、イギリスの捕鯨船の漁師が上陸したりした。つい最近は、アメリカのモリソン号が江戸湾に突然、現れて脅かしたり、中国で勃発したアヘン戦争の報告をオランダ船から受けたりと、世の中が動乱しはじめていた。

「……かような乱れた世の中に乗じて、江戸にて、不穏な動きをしている者たちがおり、沖合にいる異国船と連絡を取り合って、攻めてくるのではないかとの報もあります」

岩下は憂慮していたが、戸田泰全も同様な危惧《きぐ》は抱いていた。とはいえ、今直《ただ》ちに異国と戦が起こるとか、そのような考えは持っていなかった。

「モリソン号事件のときも、浦賀奉行が大砲で攻撃をしたが、まったく届きもしなかった。だから、相手は祝砲だと勘違いしたではないか……モリソン号は、日本の流民を日本に帰しに来ただけなのだ」

「まあ、そうですが……」

「もっとも、帰しに来たところで、日本は、はいそうですかと受け入れる態勢にはない。たとえ嵐で流された者であっても、一旦、異国に行けば、国禁破りと見なされる。よって、長崎に送って、取り調べた上で判断される……中には、結局、幽閉されたままの者もいる。それだけ、幕府も神経を尖《とが》らせているということだ」

戸田は溜息《ためいき》混じりに言った。

「だが、俺はもはやそういう時代ではないと思っておる」

「と、戸田様……」

「日本は海に囲まれておるから、異国とつき合うこともなく二百三十年余りが過ぎたが、元々は余所《よそ》の国との交易は盛んだった。海に国境《くにざかい》はなく、世界に通じておるのだから、当たり前のことだ」

「そ、そのようなことを言ってよろしいのですか、幕府の船手奉行ともあろうお方が」

「事実を言ったまでだ。だが、幕府が交易を独占するがためオランダや中国、琉球以外と交わらなかったことは、結果として、この国を守ってきたことになる。しかし、これだけ異国の船が出没するのだからな、いずれは幕府も考えを変えねばなるまい」

　幕法に背くことを平然と言う戸田を見ていた薙左は、ごくりと生唾《なまつば》を飲み込んだ。その喉《のど》の音が大きかったのか、戸田がじろりと振り向いて、

「なんだ。若いくせに何を尻込《しりご》みするか」

「あ、いえ……」

「おまえとて、海の男だ。浦賀沖にいるような大きな船に乗ってみたいとは思わぬか」

「そりゃ……」

「思うであろう。俺なんざ、もし、この立場でなかったら、それこそ、こっそりとエゲレスやらオロシアやらの船に乗ってみたいものじゃ」

そう言って豪毅《ごうき》に笑う戸田を、岩下は窘《たしな》めるように、

「何処《どこ》で誰が聞いてるやもしれませぬ。冗談はそれくらいにして、不穏分子の一団について、これをお渡ししておきます」

と一冊の綴《と》じた本を手渡した。

その表紙には、『夢物語』と記されてあって、何人かの人物名と出生地、通称や人相書などが書かれてある。おそらく、高野長英の著書である『戊戌夢物語《ぼじゅつゆめものがたり》』から取った題名だろうが、これはモリソン号に対する幕府の対外姿勢を批判したものである。もちろん、高野長英は異国船打払令には反対で、投獄されることとなったのだ。

「つまり……高野長英を慕う者たちが、この江戸で何かしようとしてるとでも？」

戸田が訊くと、岩下は険しい顔で、

「その節《ふし》があるということです。小伝馬町の牢屋敷にも、尚歯会《しょうしかい》にいた連中がわざと入牢したり、牢役人に袖《そで》の下を渡して繋《つな》ぎを取っているという噂《うわさ》もあります」

尚歯会とは、紀州藩の儒学者が中心となって、天保《てんぽう》の飢饉《ききん》をどうするかと対策を立てるために集まった面々だが、やがて反幕府的な蘭学者の会となってしまった。すでに解散をしているが、

「その一派が未《いま》だに、幕政批判をしているというのか」

「ええ……戸田様がおっしゃったとおり、この国は海で囲まれております。逆に言えば、どこからでも異国に行けるということです。そやつらは、シーボルトの薫陶を受けた者ばかりですから、異国船に乗せて貰って、師を追ってプロイセンに行こうとしているのではないでしょうか」

「ふむ。理由はどうであれ、こっちの立場では、断固、阻止せねばなるまいな」

鎖国をし続ける時代ではないと言いながらも、毅然《きぜん》と幕法を守ると断じる戸田を、薙左は不思議そうな日で見ていた。

——自分には、まだどう対処してよいか分からぬ。

という一抹《いちまつ》の不安が、薙左の心の中で湧《わ》き上がってきた。

二

町木戸が閉まって、江戸が寝静まった刻限に、あちこちでは不気味なくらいに梟《ふくろう》が鳴いていた。

月のない漆黒の闇《やみ》が広がる中、その鳴き声と呼応するかのように、路地という路地から、ピイピイと呼子も鳴り響いている。

ここ数日、雨も降らず、すっかり地面が乾燥しているせいか、土埃《つちぼこり》が舞い上がっているので、人が通るのが分かった。

楓川《もみじがわ》に面した通りの物陰に、南町定町廻《じょうまちまわ》り同心の伊藤俊之介が潜んでいた。川を挟んだ反対側には、天狗の弥七という岡っ引が身構えている。ふたりとも、まるで梟のように闇の中を睨《にら》んでいる目つきが鋭く、ぎらぎらと輝いている。

ここ楓川近くには向井将監をはじめ、間宮家、小浜家、千賀家など幕府水軍を担う船手四人衆の屋敷が並んでいる。さらに、九鬼《くき》、伊勢《いせ》など水軍の流れをくむ者たちの屋敷が江戸を守るように、湾に向かって並んでいた。

その川に架かる海賊橋《かいぞくばし》と呼ばれる橋の下を、ゆっくりと小舟が行き過ぎた。

小舟には薦被《こもかぶ》りの数人の人間が乗っていた。

櫓《ろ》を漕ぐ船頭だけが顔を出しているが、舳先《へさき》にあるべき提灯《ちょうちん》を消しているのは、役人に見咎められないためであろう。隅田川《すみだがわ》河口に出て、そのまま佃《つくだ》の渡しから江戸湾に漕ぎ出るようだ。

「……来た」

伊藤は口の中で呟《つぶや》いて立ちあがると、

「御用だ、万屋嘉兵衛！　大人《おとな》しく縛《ばく》につくかッ」

と声をかけた。

途端、路地の奥に潜んでいた捕方《とりかた》がずらりと両岸に現れて、あっという間に御用提灯に火をつけた。漆黒が消えて、煌々《こうこう》と照らす明かりが、川面《かわも》のみすぼらしい小舟を浮かび上がらせた。

眩《まぶ》しそうに手をかざす薦被りの人間たちは顔を隠して、船底に這《は》うように伏せた。

捕方が投げた鉤縄《かぎなわ》がガッと船縁《ふなべり》に食い込んで、ぐいぐいと岸に引き寄せた。

船頭は慌てて漕ぎ出そうとしたが、船体を荒々しく引き寄せられた勢いで、どぼんと川面に落ちてしまった。

一瞬にして水面《みなも》に移る灯がゆらゆらと揺れて、眩惑《げんわく》したように見えた。

「ひとり残らず、取り押さえろ！　決して、逃がすでない！」

伊藤は腹の底から叫ぶと、捕方や岡っ引たちはまるで勝《か》ち鬨《どき》でもあげるように、大声を張り上げながら、小舟を河岸《かし》に引き寄せた。そして、一斉に薦被りたちを引き上げると、六人の姿があった。

いずれも町人髷《まげ》の旅姿で、手《て》っ甲脚絆《こうきゃはん》に振り分け荷物を持っていた。年齢はばらばらだが、いずれも男である。もはや観念したのか、抗《あらが》うこともせず、ひとりひとり、大人しくお縄になった。

「万屋嘉兵衛はどいつだ」

地べたに座らされた六人の前に立った伊藤が問いかけたが、誰も返事をしなかった。

「どいつが、嘉兵衛かと訊いておる。答えねば、逃亡を庇《かば》った罪だけではなく、同罪として他の者も死罪だ。それでもいいのか」

伊藤は声を荒らげたが、誰も何も言わぬとばかりに口をつぐんでいた。そのひと

りひとりに御用提灯を突きつけて、

「まあ、いい。番屋で締め上げれば、嫌でも口を割ろうってものだ。痛い目に遭う前に喋《しゃべ》った方が得だと思うがな……連れていけ」

捕方たちはすぐさま日本橋の大番屋に近い自身番に連れて行った。事と次第では、すぐさま吟味方与力が来ることになっているからである。とはいえ、自身番には六人も取り調べる場所がない。直に大番屋で締め上げることにした。

大番屋に着くなり、伊藤は弓折れを手にして、六人の〝逃亡者〟をじりじりと苛《いじ》めるように責め立てた。

「おまえたちの狙《ねら》いは分かっておる。江戸沖に来ておる異国の船に乗って、余所の国へ行くつもりであろう。だが、さような国禁破りが許されると思うておるのか」

ビシッと床を打ちつける弓折れがしなった。伊藤は濃い眉毛《まゆげ》を逆立てて、

「いくら、おまえたちが庇おうと、いずれ嘉兵衛は見つかる。奴は蘭学者で、御公儀の政事《まつりごと》が間違いだと抜かしおった。どうやら、高野長英を牢屋敷から救い出し、そのまま遠い国に連れて行こうとしているようだが、それは無謀というものだ」

と六人を睨みつけていたその日が、後ろの小柄な男に止まった。頬被《ほおかぶ》りをしたま

まで、下を向いている。伊藤は目の前に行くと、乱暴に頬被りを引っ張った。

総髪で後ろで束ねただけだが、何となくもじもじしているので、

「――もしや、嘉兵衛の居場所を知っておるのではないか？」

と乱暴な声で迫った。びくりと臆病《おくびょう》そうに身を縮めたとき、伊藤の眉が動いた。

「よく顔を見せろ……」

強引に細面《ほそおもて》の顎《あご》を摑み、食い入るように見たが、人相書にある嘉兵衛の狸《たぬき》顔とはえらく違う。別人であることは明らかだが、挙動不審な小柄な男を、伊藤は少しいたぶってみようと考えた。

すると、小柄な男は思わず、ぎゅっと胸の前で手を合わせた。

――怪しい……。

と思った伊藤は、その手を引っ張ると、実に柔らかい手で、着物の下の胸には晒《さら》しを巻いていた。女だという証《あかし》だ。だが、伊藤は意地悪な目になり、

「褌《ふんどし》も見せて貰おうか、なあ兄さん」

股間に手を入れようとすると、小柄な男は思わず、「やめて下さい」と嚙《か》み殺した声で伊藤の手を払いのけようとした。

「女ではないか……入り鉄砲に出女……ますますもって怪しいな」

伊藤は他の者たちも見廻して、

「おまえたちも、みんな女だと承知の上で、一緒に逃げていたのか。だとしたら、これまた大きな罪だ。南のお奉行様は、世の中を乱す輩が大嫌いでな」

南のお奉行とは妖怪と渾名《あだな》される鳥居耀蔵のことである。一度、鳥居に睨まれたら、蟻《あり》地獄に落ちたも同然で、一度と這い上がることができない。

鳥居が町奉行として居座る限り、高野長英は牢屋敷から出ることはできないであろう。田原藩で蟄居《ちっきょ》中だった渡辺崋山が死んだのも、実は当時、目付だった鳥居の密偵が暗殺したのではないかという噂で持ちきりだった。いずれも尚歯会の一員だったからである。その関係者である嘉兵衛も潰《つぶ》したいのが、南町奉行の本音であった。

「その方たちは……関《かか》わりありません。私が勝手に乗り込んだだけです」

小柄な男、いや女は自らそう答えた。

「麗《うるわ》しい同志愛だな。おまえたらが、渡辺崋山らと無人島に渡航しようとしていた仲間だということも、先刻承知しておる……のう、隠すのはためにならぬぞ。嘉兵衛はどこだ。奴さえ捕らえれば、おまえたち雑魚《ざこ》は好きな所に放《はな》ってやる」

取り引きを持ちかける伊藤の言葉に、騙《だま》される者は誰もいなかった。正直に話したところで、三尺高い所に晒されるのは火を見るより明らかだった。ならば無言を通した方が助かる道がある。

「――女……名は何という。正直に言わぬと余計、面倒なことになるぞ」

睨みつけた伊藤の目は窪《くぼ》んでいて、まるで骸骨《がいこつ》のように不気味に見えた。女はごくりと生唾を飲み込んで、

「せ……せつと申します」

「何故《なにゆえ》、こやつらと一緒に異国船なんぞに行こうとしたのだ」

「………」

「正直に言えば、俺とて情けはある。女を殺すような真似《まね》はしとうない」

せつはその言葉を信じたわけではないが、他の仲間に迷惑をかけたくなかったのか、自分は駿河国《するがのくに》の沼津から来たのだと言った。借金取りに追われてのことだという。

「借金取りにな……どうして、そのような借金があるのだ」

「はい。実は私の亭主は漁師でした。鰹《かつお》釣りをしていたのですが、五年程前に嵐に

あって、行方《ゆくえ》知れずになってしまいました」

「ほう。可哀想《かわいそう》にな」

　まったく同情をしていない口ぶりだったが、その伊藤をじっとせつは見つめて、

「亭主は死んだとしか思えません……ですが、その嵐の二月《ふたつき》程前に船を造り替えたばかりで、借金が残っていたのです」

「借金だけが残って、亭主も船も海の藻屑《もくず》か……まさに浮かぶ瀬がないな」

「私にそんな多額の金は返せません。そしたら、金貸しが……私を岡場所の女郎宿に売り飛ばそうとしたので、逃げてきたのです」

「逃げて……異国船に乗ろうってか」

「それでもいいと思いました。江戸に逃げてきても、ずっと追われる身には変わりありませんから。それに、金貸しの子分らしき男の影もちらちらありましたし……」

「ふむ。その話が嘘か本当かも、こっちで篤《とく》と調べてやるよ。もし、万屋嘉兵衛に関わりがありゃ、借金話が本当だとしても、同情には値しないぜ……ちょいと歳《とし》はくってるが、たしかに、いい女だ」

　伊藤が舐《な》めるように見つめると、せつは横を向いた。嫌らしい目つきになった伊

藤が、ほつれたうなじに息を吹きかけたとき、

——カンカンカン、カンカンカンカン。

と半鐘《はんしょう》が鳴り渡った。

「なんだ、こんな刻限に火事かッ……⁉」

伊藤は番人たちに、六人を牢屋に入れろと命じてから、大番屋の表に出てみた。

黒い空に白い煙が漂っているのが見え、わずかだが炎で空が染まっている。後から出てきた弥七がでかい図体《ずうたい》を乗り出して、

「ありゃ、小伝馬町の方じゃありやせんか……旦那、まさか牢屋敷が！」

「こやつらの仲間が火を放ったのかもしれぬ。弥七、ひとっ走り様子を見てこい」

「がってんでえ！」

地鳴りがするような四股《しこ》を踏んで駆けだした。その弥七の背を、伊藤が眉間《みけん》に皺《しわ》を寄せて見つめていると、行く手の空の赤味が、ますます広がってきた。

三

小伝馬町の牢屋敷が大火事に見舞われたという報せを、薙左が聞いたのは、翌未明のことだった。

鉄砲洲《てっぽうず》の船手奉行所に出仕する前に、すでに町場では噂になっており、牢屋敷から咎人が逃げ出したということだった。いや、逃げたのではない。牢屋奉行の石出《いしで》帯刀《たてわき》が独断で、咎人を放ったのである。

ただし、それは一時避難であるから、翌日の〝正午〟までには、牢屋敷の前の広場に戻って来るというのが約束だった。つまり、未決囚、既決囚を含めて、およそ三百人の咎人を江戸市中に放ったのである。かような危険極まりないことを、牢屋奉行がひとりで決めてよいことではない。本来なら、支配役の町奉行に相談し、許可を得ねばならない。緊急事態だからだということだが、万が一、町人に何かあれば、

――切腹をする。

という覚悟で、石出は解き放ったのである。

南町奉行所と北町奉行所はそれぞれ定町廻り同心や臨時廻りなどを出して、凶悪な事件の下手人については、町奉行所や大番屋の牢にて監視することとなった。だ

が、深夜でもあったことから、行方の知れない咎人の数は徐々に増えてきた。そして、明け方になってもまだ所在の分からない者が多かった。

当然、船手奉行所にも報せが来て、川船や漁船などで逃亡を図る咎人を捕らえるために待機していた。宿直《とのい》だった鮫島拓兵衛《さめじまたくべえ》が指揮を執って、船頭の世之助《よのすけ》らが集まり、川船番所とも連携して、不審船を見張った。

川船番所は元々は、万年橋の北岸に置かれて、小名木川《おなぎがわ》を通る船の乗員と荷物を調べていたが、今は中川にある。見張りは、そこから小名木川を通って、利根川水系を結ぶ水路を網羅している。関東各所から江戸へ運ばれる荷物は、この番所から、神田や日本橋などの河岸に運ばれた。つまりは、江戸の窓口である。川船番所には、弓や槍《やり》、鉄砲なども常備され、役人に逆らう者はその場で捕縛《ほばく》された。それゆえ、格子《こうし》の門が閉められている限り、川を抜けることはできなかった。

火事が収まり、昼になると、ほとんど咎人は牢屋敷に戻って来たが、一割ほどの重罪人は行方不明のままだった。夜になっても戻らないので、石出帯刀は鳥居から謹慎を申し渡された。

石出帯刀は代々、牢屋奉行を担ってきた家系であるが、鳥居にとってはどうでも

よいことだった。他の咎人についても、さほど気にしていないが、

――高野長英が姿を消したこと。

が一番の気がかりだった。

老中の水野忠邦《みずのただくに》の天保の改革の一端を担う鳥居にとって、今最も幕府にとって危険な人物を野に放ったことは、失策以外の何ものでもないからである。

高野長英が江戸を抜け出し、浦賀沖に来ている異国船に乗り込むことは、鳥居も想像していたことだった。ゆえに、船手奉行の戸田のところにも、「屹度《きっと》捕縛するように」と伝令が来ていた。

すでに向井将監は御用船で沖合に出向いている。船手奉行は江戸湾内と河川、掘割などで怪しい船を探すことに徹していたが、浦賀奉行の家臣である岩下から頼まれたこともある。慎重に探索をしていた。

船手与力の加治周次郎《かじしゅうじろう》に呼びつけられた薙左は、浦賀奉行担当を命じられた。つまり、海の関所の監視と護衛である。

薙左は驚きを隠せなかった。そのような重責を担うにはまだ若いと思っていたからである。部下は船頭を含めて水主《かこ》四人である。町方でいえば捕方を従えて、江戸

湾から異国船に逃げようとする不審船を止めることであった。

「私にそのような大変な職が務まるでしょうか。ここはやはり、サメさんのような手練《てだ》れの方に任せた方が……」

鮫島のことである。

「おまえはいつまで、俺や鮫島を当てにしているのだ。船手はただでさえ人員が少ない。今般のように御定法《ごじょうほう》破りが海に逃げようというときに捕らえるのは俺たちしかいない」

「あ、はい……」

「町方のように総出でかかっても、取りこぼす輩は出てくる。浦賀奉行に迷惑をかける前に捕らえる。いわば俺たちは最後の砦《とりで》だ」

「それは承知しています。でも……」

「でももへちまもねえ。こうしている間にも逃げているやもしれぬ。海には行き止まりの壁も路地もないからな」

「！………」

「俺は……石出帯刀さんはなかなかの英断だったと思うぜ。まずは人命が第一。たとえ死罪が決まっていた咎人であっても、きちんと処刑をする日までは、ひとりの人間なのだ」

　そのとおりだと薙左も思っている。

「ですが、逃げたまま戻らないとなると、やはり石出さんは責任を取らざるを得ませんね。万が一、他で事件を起こしたりしたら、それこそ切腹ものではありませんか」

「そうならぬよう、俺たちも手を貸さなきゃなるまい。実は……昨夜の火事は、付け火の疑いもあるのだ」

「付け火⁉」

「だとすると、やはり鳥居様が懸念しているように、尚歯会に関わりのある連中が、高野長英を助け出すために仕組んだこととも考えられる」

「まさか……」

「高野長英だけは予《あらかじ》め、別の所に連れ出すべきだったと思うがな、後の祭りだ……それに、俺も石出さんとは長いつき合いでな」

　牢屋奉行と〝奉行〟の職名はついているが、実際は与力で、不浄役人であるから江戸城内に入ることはできなかった。かつては御目見得《おめみえ》以下ながら譜代《ふだい》格であり、評定所《ひょうじょうしょ》にも参列できたが、今では囚獄に徹している。

たとえ囚人であっても、人の命を大切にするその思いに報いたい。石出を救いたい一心で、加治は咎人を逃がしてはならぬと思っていたのだ。

「承知しました。加治さんの心意気に、私も微力ながら役に立ちたいと思います」

薙左はすぐさま六十石積の五大力船《ごだいりきせん》で、船手奉行所の朱門前の船着場から、江戸湾に漕ぎ出した。

長さ三十一尺で幅八尺の小型船だが、その滑るような速さや滑《なめ》らかさは猪牙舟《ちょきぶね》の比ではなく、廻船《かいせん》でありながら、瀬取船《せどりぶね》の役目も兼ね備えていた。つまり、海から川に乗り入れ、江戸市中の掘割の河岸にも着岸できる〝優れもの〟なのである。

日本橋から江戸湾に乗り出し、対岸の木更津《きさらづ》に向かうこともできれば、房総沖から九十九里を銚子《ちょうし》に向かって、海岸線を常陸《ひたち》まで辿《たど》り着くこともできる。利根川を逆流し、荒川から隅田川にぐるりと巡って、何処にでも行くことが可能な、小廻りのきく船だった。

もっと大きな三百石や五百石の五大力船ならば、弁才船《べざいせん》並みに江戸と大坂を結ぶ海路にも使われたが、小型はもっぱら武蔵《むさし》、伊豆、相模《さがみ》、安房《あわ》、上総《かずさ》などで活躍していた。船手では当然、機能性豊かなこの船を使って、諸国から訪れる船を監視していたのである。

その夕暮れ――。

何処から来たのか不明の荷船が、浦賀水道の方に向かって進んでいた。漁船のような松明《たいまつ》はなく、船主を示す印もなく、幟《のぼり》もなかった。

「妙だ……」

と感じた薙左は、船頭の駒吉に急いで近づかせた。

同乗している三人の水主も脇差《わきざし》に手をかけ、緊張の顔になった。いずれも白い着物と袴《はかま》である。万が一、海に転落したときに、袴は広がって浮き輪の代わりになり、また漂流したとしても、白色なら目立つからである。もちろん、薙左も船上にいるときには、白羽織で白袴姿だった。

それぞれ首には呼び笛を下げており、咎人を見つけたときだけではなく、海難に遭ったときに救助を求める際の呼子にするためである。

薄暗い夕闇が広がる中に、その船はまるで気配を消すように沖に向かっていた。

「船手奉行所である。その船を改める。直ちに止まれ」

薙左が命じると、櫓を漕いでいた男はぴたりと動きを止めた。

船には小さな帆がついているようだが、もし掲げたとしても、この凪《な》ぎの状態では役に立つまい。それに、五大力船には到底、敵うわけがないと諦《あきら》めたのかもしれぬ。

船手の船を横着けにすると、ガッと鉤縄を相手の船縁にかませて、船体が離れないようにした。気をつけなければいけないのは、相手がいきなり襲いかかってくることだ。抜け荷などをしているときには、よくあることである。

足場が不安定な上に逃げ場もない。だから、まともに刃物を食らうときもある。用心するようにと、薙左は水主たちに予め言っておいたが、小さな緊張が走った。

相手の中に、万屋嘉兵衛がいたからである。

——出廻っている人相書の顔だ。

ということは、薙左のみならず、水主たちもすぐに気がついた。他には、ふたりの痩《や》せ浪人風と五歳くらいの子供がひとりいるだけだった。

ざざっと沖から押し寄せてくる波に、薙左の心が不安に揺れた。

四

無精髭《ぶしょうひげ》の浪人ふたりは、嘉兵衛を庇うように座っている。小さな男の子は俯《うつむ》き加減に、嘉兵衛の胡座《あぐら》の上にちょこんと乗っているのだが、泣いたのか顔が涙の痕《あと》で汚れている。

薙左は男の子に声をかけた。

「どうした坊主。腹でも痛いのか」

「…………」

「それとも逆で、お腹が空いているのかな。ほれ、握り飯ならあるぞ」

と笹で包んだものを手渡そうとすると、浪人のひとりが鋭い目になって、

「武士は食わねど高楊枝《たかようじ》。情け無用だ」

「子供も武士なのか？」

顔を覗《のぞ》き込もうとすると、浪人は鞘《さや》ごと刀を突き出して、

「そんなことよりも、用件を聞こう」

と言って、何でも受け止めてやるとばかりに鋭い眼光を放ってきた。

いずれの浪人も屈強な体つきで、ちらりと見えた剣胼胝《だこ》の盛り上がりから、かなりの手練れに見える。だが、加治のように柔らかな手こそが、真の達人であるというから、見かけ倒しかもしれぬと薙左は思った。薙左自身、小野派一刀流と関口流柔術は極めているが、実戦はまだまだ不足している。

「私は船手奉行所同心、早乙女薙左という者だ。昨夜、小伝馬町牢屋敷が火事になって、咎人を一旦、解き放ったのだが、帰らぬ者がおってな。町奉行所同様、船手奉行所でもこうして調べておるのだ」

「私たちが、牢屋敷から逃げた者たちだとでも？」

「そうでないことを確かめたい」

「咎人ならば着物が決められたものではないのか」

「そのようなものは、仲間さえいれば、どうにでもなる」

「仲間……？」

「付け火の疑いがあってな。もしかしたら、誰かひとりを助け出したいがために、騒ぎを起こしたのやもしれぬ」

「我々には関わりないこと」

「――何処から、来たのか。往来手形か関所手形を見せて貰いたい」

「関所でもないのにか」

「この先へ行けば、浦賀奉行の者が調べる。その前に調べておけば、船手から手形を渡して、そのまま通せることになっている。疚《やま》しいことがないなら、見せて貰おう」

　薙左が少し語気を強めると、浪人は舌打ちをして睨《ね》め上げた。

「若造……言葉を慎め。ここにおわすは、さる大藩の御家老を務めたお方だ。おまえたち同心如《ごと》きが声をかけられる御仁《ごじん》ではない」

「さような御身分の方が、何故、宵闇に紛れて小舟なんぞで……」

「黙れ。これを見よ」

　差し出したのは、三つ葉葵の御紋のついた印籠《いんろう》であった。徳川宗家と御三家だけに許された印籠である。

　もっとも、この御紋、一般の使用が正式に禁止になったのは、八代将軍吉宗の時代であって、それまでは御用達商人などが道具箱や提灯などにも使っていた。よって、この御紋の印籠を持っているからといって、徳川家の者かどうかは分からない。しかも、家老の身分の者が所持しているのもおかしな話だ。

「よく、見せて貰おうか」

と身を乗り出した薙左の手を、その浪人がぐいっと引いた。途端、足下が崩れた薙左の背中に、もうひとりがバッサリと刀を斬《き》りつけようとした。すんでのところで、体を取り直して避《よ》けたが、肩口に切っ先が触れた。

「おのれッ」

すぐさま薙左は立ちあがろうとしたが、ふたりがかりで押さえられている。浪人の腕を摑み返して小手投げをしようとしたが、舟がぐらついて思うようにできなかった。

船手の水主たちが脇差を抜き払って、怒声を上げて斬りかかったが、浪人は猛然と刀を振って牽制《けんせい》してから、鉤縄を勢いよく切断し、五大力船の船縁を足蹴《あしげ》にした。

「近づくなッ！　この早乙女とやらが殺されてもいいのか！」

ふたりで押さえつけられた薙左は、その喉元に刀を突きつけられた。

浪人は叫んだ。

「その場を動くな。近づけば、すぐに斬る。よいな！」

船手の水主たちは五大力船に乗ったまま、ただ茫然《ぼうぜん》と見送るしかなかった。

やがて――。

薙左を乗せた荷船は少しうねりのある海面を滑るように、浦賀の方へと流れていき、闇の中に消えてしまった。


「なんだと？　それで、おまえたちはのこのこと帰って来たのかッ」

加治は水主たちを怒鳴りつけた。浪人たちは一度は斬りつけたのだから、沖に出てから薙左は殺されたかもしれぬ。

「もしかしたら……浦賀奉行所の船が調べに来たところを、うまく通り抜けるために利用したかもしれぬがな。で……おまえたちが見た荷船の男は、たしかに万屋嘉兵衛だったのだな」

と加治が問いかえすと、水主の伍助《ごすけ》が日焼けした顔を、ぼりぼりと掻《か》きながら答えた。

「はい。それで、早乙女さんは確かめようとしたのですが、いきなり……」

「後のふたりは分からぬか」

「申し訳ありません……名乗りませんでした」

「まったくの役立たずが。逃げている者がまともに名乗るはずもあるまい。だが、薙左は何か手がかりを残しているはずだ。幸い今宵《こよい》は月明かりがある。今すぐ、浮き輪を探すんだな」

「浮き輪？」

「それも知らぬのか。船から離れることがあったら、羽織に縫い込んでいる浮き輪のついた紐《ひも》を垂らして居所を報せるようになっているではないか」

「あ、はい……」

浮き輪といっても、数珠《じゅず》ほどの大きさで、せいぜい釣りで使う浮き程度のものであるから、見つけるのは難しい。

「月明かりで、貝殻のように輝くはずだ……もっとも、羽織に仕込んである紐は数間《けん》に過ぎぬ。見えるかどうかは、神のみぞ知る、だ。しかし、放っておくわけにはいくまい」

加治が言うと、傍《かたわ》らで聞いていた船頭の世之助がずいと出て、

「ならば俺が漕ぎましょう。なに、浮き輪探しはお手の物で」

と言ったものの一抹の不安は消えなかった。世之助は元は、御召御船上乗役《うわのりやく》というれっきとした御家人《ごけにん》であった。だが、船手奉行の戸田奈全の男気に惚《ほ》れて、一介の船頭として船手を支えてきたのである。そんな世之助であっても、浮き輪を探すのは、まさに大海に沈んだ針を見つけるも同然だった。

「万屋嘉兵衛が沖へ出たとなると、もしかしたら、小伝馬町から抜け出した高野長英を何処かで拾いあげるつもりかもしれませぬ」

「うむ……」

「そして、浦賀沖の異国船に乗って逃げる算段ではないでしょうか」

「さもありなん。牢屋敷に付け火をしたのも、そやつらかもしれぬな。おまえたちは、とんでもねえ奴らを逃がしたことになる」

加治は責めるように水主たちを睨んだが、とまれ薙左の身だけが心配だった。

「高野長英……またぞろ、やってくれたな……」

遠い目になった加治を、世之助は同情の目で見やった。若い水主たちは知らないが、かつて無人島に渡ろうとした高野長英を、加治は捕り逃がしたことがあったのである。

高野長英は仙台藩水沢領主伊達《だて》の家臣、後藤実慶《ごとうさねのぶ》の子である。実父から離れ、養父に育てられたが、玄斎というその男は杉田玄白から蘭学や医術を学び、長英にも影響を与えていたという。長じて、長崎に留学した折に、シーボルトと出会って蘭学を本気で学び、異国へ行くことを憧憬《しょうけい》したのである。

色々と厄介事《やっかいごと》を起こした後、天保元年（一八三〇）に江戸に舞い戻って、渡辺崋山と肝胆相照《かんたんあいて》らす仲になり、大いに学問をして公儀のありようを語るようになった。しかし、度が過ぎて、幕府から睨まれるようになり、後に言う〝蛮社の獄〟によって捕縛され、小伝馬町の牢屋敷に閉じこめられたのだった。

永牢――という厳しい沙汰《さた》である。生涯、牢獄暮らしを強《し》いられたが、決して人生を諦めていなかった。

「石出さんに聞いた話だが、奴は牢内では、牢医師顔負けの医術で、囚人の病《やまい》や怪我《けが》を治した上に、汚くて酷《ひど》い牢内を綺麗《きれい》にせよと命じたらしい」

と加治はしみじみと言った。

「オランダ語にも長《た》けていたから、朗々とオランダ語で歌を歌ったりして、牢番を困らせていたという。元々、剛胆な気質らしいからな、海千山千の咎人たちをまるで子分のように束ねていたとか」

「ええ……」

「だから、火事が起こったときも、上手《うま》い具合に、そいつらが逃がしたのかもしれぬな。そうは思わぬか、世之助」

「へえ。もし、嘉兵衛と繋がっているとしたら、やたら人を殺すことはしない……あっしは、そう信じてますよ」

世之助はこくり頷《うなず》くと、

「では、加治様。行って参りやす」

と松明を掲げ、若い水主を引き連れて、桟橋まで駆けだした。

五

江戸城辰之口《たつのくち》評定所に、戸田が呼び出されたのは、その翌朝のことだった。

評定所とは今でいう最高裁判所であり、幕府の最高決定機関である。町奉行、勘定奉行、寺社奉行という三奉行に、大目付、目付が寄り合って、幕府の重要事項を決定する。それは、老中や若年寄といえども容易に覆《くつがえ》すことはできない。場合によっては、老中や若年寄も臨席した。

今般は、鳥居耀蔵が率先して、牢屋敷から逃げ出した高野長英を捕縛すべく、躍起になっていた。牢屋敷が付け火であったにも拘《かか》わらず、その下手人が未だに分からない。しかも、囚人たちを解き放ったがために、ただでさえ不安な江戸の治安が、さらに乱れることも考えられる。その責任は、

「石出帯刀にある。これは切腹ものでござるぞ」

というのが鳥居の強い意見であり、他の評定所役人らを説得にかかっていた。しかも、鳥居と何かと対立している遠山《とおやま》左衛門尉《さえもんのじょう》は、奉行所が月番のため臨席しておらず、輪番の勘定奉行や寺社奉行も、

「切腹はやむを得まい」

という結論を出そうとしていた。

だが、戸田ひとりだけは反対を唱えた。むろん、戸田は評定所の人員ではない。ただ、高野長英の仲間である万屋嘉兵衛を捕り逃がした失策によって、その責めを

追及されるためにに呼び出されていただけである。

「黙らっしゃい。おぬしに意見なんぞ聞いておらぬわッ」

「恐れながら、一言だけ、お願い申し上げます。石出帯刀が行ったことは、人命を重んじた勇気ある処断だと思います。牢に戻らなかったのは、咎人たちが悪いのだと思います」

「そんな咎人どもを解き放った石出が責めを負うのは当然じゃ。猛禽《もうきん》を放ったと同じではないか、戸田……ならば、おまえは解き放った猛禽が、人に危害を加えたら誰が責めを負うのだ」

「それは猛禽でございましょう」

「人でなしの猛禽にどう責めを負わせる。牢屋敷に入っている者など、人を殺《あや》めたり物を盗んだりした人でなしばかりだ。そのような危ない人間を放り出した石出が一番悪いことは当然の理。そして、おまえもだ、戸田……配下の者が、万屋嘉兵衛を捕り逃がしたとあるが、さよう相違ないか」

「はい……」

「ほれみろ。配下の同心が失策をしただけで、おまえは責めを負う。ましてや咎人を何百人も解き放った石出に非はないとは言わせぬぞ。でござろう、ご一同」

今や水野越前守忠邦のもとで、飛ぶ鳥を落とす勢いの鳥居耀蔵である。しかも、幕府の朱子学者である林述斎《はやしじゅつさい》の実子であるから、誰も文句を言う者はいない。鳥居もそれを承知していて、自説を曲げないのだ。

「戸田泰全……おぬしには、しばらく謹慎申しつく。よろしいかな」

鳥居はじっと見据えて、

「これは評定所一致の命令である」

有無《うむ》を言わさぬとばかりに断じたが、誰も反対しなかった。この場に遠山がいれば、あるいは戸田を庇ったかもしれぬ。拝領屋敷が隣り合っているのもあるが、江戸を守る心意気や町人に対する思いやりは相通ずるところがあるからである。

もはや何を言っても無駄だと思ったのであろう。戸田の脳裏には、老中久松肥後守から言われたことや、浦賀奉行与力の岩下との約定《やくじょう》などがよぎった。

——謹慎を受けた上は、公《おおやけ》の立場はさしおいて、勝手次第ということだ。

と判断した戸田は、

「謹んで、お受け致しまする」

一同を見廻しながら、深々と頭を下げた。

その日のうちに、戸田は番町の自宅に謹慎となった。徒目付《かちめつけ》がふたり戸田の屋敷の前に張っており、勝手なふるまいをしないよう監視していた。

ここまで厳しい取り締まりをするとは何かあるなと、戸田は感じていた。鳥居は、目には見えない粛正をしようとしているのではないかと思った。

加治と鮫島が心配をして屋敷まで駆けつけてきたが、門前の徒目付が面会すら認めなかった。ただ事ではないと感じたのは、ふたりとも同じであった。しかし、連絡を取り合う術《すべ》がないとなれば、日頃の戸田の意向を汲《く》んで、部下の加治たちが行動するしかあるまいと考えた。

「どうやら、お奉行は腹の底から、覚悟を決めたようだな」

鮫島が呟くと、加治はしかと頷いて、

「うむ……サメ、鉄砲洲に戻って、『あほうどり』で一杯やろう」

「こんなときに暢気《のんき》に……」

と言いかけた鮫島だが、何か意図があると察して、徒目付を振り返りながら、憂さ晴らしとばかりに、近頃流行《はや》りの都々逸《どどいつ》を唸《うな》りながら立ち去った。

鉄砲洲稲荷前の『あほうどり』は、近くの河岸に並ぶ酒問屋の手代《てだい》らと船手奉行所の者くらいしか顔を出さなかった。常連の溜まり場だが、それでも女将《おかみ》のお藤《ふじ》が出す料理に手抜きはなく、旬の物をずらりと京のおばんざい風に出していた。

今年は大ぶりの鰹が大漁で、三崎《みさき》沖で獲《と》れたのがわんさか日本橋の河岸に溢《あふ》れかえっていた。まるで戻り鰹のように脂が乗っていて、タタキや刺身でもいいが、炭火で焼いても身がぼろぼろにならず、しっとりと甘い舌触りだった。

奥の小上がりで、盃《さかずき》を交わした加治と鮫島に、小女《こおんな》のさくらがニコニコと笑いながら、

「なんだか、ふたりきりなんて珍しいわねえ。ってか、あまり馬が合わないおふたりさんが、面と向かい合って、何か大変なことでもあったんですか」

「そう思うなら、近づくな」

鮫島が突き放すように言うと、さくらは「おお、恐《こわ》い」と猫が跳ねるように立ち去った。もっとも、すぐに総菜を持ってきて、空《から》になった銚子を取り替えたりしながら、さりげなくふたりの話を聞こうとしている。実は、薙左が行方知れずのままだということが、気になっていたのである。

「こら。立ち聞きするな。向こうへ行け」

と苛《いら》ついた声で鮫島は、さくらを追いやってから、

「——やはり、お奉行は、高野長英を逃がすことに荷担するつもりだったんですかね」

唐突に尋ねた。その問いかけを予期していたように、加治は静かに頷いてから、

「このままでは、早晩、お奉行が尚歯会の連中と繋がっていたことが明らかになろう」

「まずいな……」

「幕府の役人が洋行を認めるような真似をすれば、それこそ切腹だ。お奉行自身は、蘭学に詳しいわけでも、国を開けという立場でもない。ただ、人は牛まれながらにして、しぜんに好き勝手に生きていいのではないか。誰かに何かを命じられることではないのではないかと、常々言っていた」

「俺たち海の男たちのようにか」

「海に生きる者たちは、それこそ自由ではあるが、守らねばならぬ掟《おきて》はある。海の男たちの掟だ。それは、国境がないゆえに、みんなのものだという意識があるから

なようこそ、海を塵芥《ごみ》で汚すなとか、人は必ず助けよとか、魚を獲りすぎるなというような掟を、お互いが守るのではないか？」

「それにしても……」

鮫島は盃を傾けながら、

「このままでは、俺たち船手奉行所自体が危ういんじゃねえか」

「うむ。向井将監様の下につけられる話も出ている。まあ、それとて、やることは今までと同じであろうが、厄介なのは異国との戦になったときだ」

「異国との戦……!?」

「いずれ、そういうときが来る。戸田奉行はそのことを本気で案じているのだ。外海に面している藩は多いからな、水戸藩なんぞはしょっちゅう異国船を目の当《ま》たりにしているから、追っ払おうと大砲まで据えた。一方、土佐藩や島津藩のように幕府に黙って、異国と取り引きをしようと考えている所もある」

「…………」

「いずれ、日本は異国によって混乱を強いられる。そのときにモノを言うのが、幕府水軍を含めて、我ら海の者の力だ。だが、残念なことに、我々には異国の船と戦える力はない。だから、戸田奉行は、少しでも異国船の事情を知りたいと思っていた」

「では、どうすればいいんだ、カジ助さんよ」

「そうだな……俺たちも高野長英と一緒に異国へ逃げるとするか」

「なに？　二度と戻れないのだぞ。天保八年にモリソン号で帰って来た遠州の音吉という漁師も、結局は追い返された」

「だからこそだよ」

加治は意味ありげににこりと微笑《ほほえ》んで、盃をあおった。

六

日本橋の大番屋から、賊が逃げたのは、その夜のことだった。伊藤と弥七が楓川で捕らえた六人が、ごっそり牢部屋から抜け出したのである。

丁度、小伝馬町牢屋敷が付け火によって火事騒ぎになり、重罪の者たちを連れてきて避難場所として使っていたときに、その騒ぎに乗じて姿を消したのだった。それにしては、あまりにも手際がよすぎる。こやつらも付け火の仲間で、

——逃亡は織り込み済みだったのではないか。

と伊藤は勘繰《かんぐ》るほどだった。

南町奉行所は与力や同心を総動員して、牢屋敷に帰らない咎人同様に探していたが、まったく行方は分からなかった。

その頃——。

大番屋から逃げ出した六人のうち、せつという女と常吉という若い男のふたりだけは、手っ甲脚絆の旅姿で、品川を目指していた。

瀟々《しょうしょう》と雨が降っていた。

高輪《たかなわ》の大木戸はうまく抜けることができそうだった。東海道で、江戸府内外の境に設けられた関所のような所だが、人や物の出入りを見守るだけで、箱根や新居《あらい》の関のように厳しい取り調べはない。

もっとも、牢屋敷から逃げた者たちもいるので、警戒は厳しかった。が、むしろ、その騒動のお陰で、まっとうな旅姿をしていて、往来手形を持っていたから、すんなり見過ごしてくれた。そして、大木戸を抜けたときである。

せつの荷物の中で、カラコロリンと鐘のような音がした。小さな音で、耳を澄ま

さなければならないほどだったが、大木戸の前に立っていた番人が、

「これ、女……今のは何の音だ」

と声をかけてきた。

「あ、はい。私たち夫婦は、あちこち巡礼の旅もしていたもので、祈りのときに使う鉦《かね》でございます」

少しおどおどしながら、せつはそう答えた。

「巡礼、とな」

「はい。無粋で申し訳ありません」

一礼して立ち去ろうとすると、番人はすっと前に出て来て、

「まあ、待て。その鉦、見せて貰おうか」

と言ったとき、また、カラリンコロリンと響いた。

それは、馬子唄《まごうた》のようにも聞こえるし、伊勢音頭のような漁師の歌にも聞こえた。きちんと音階が続いたのである。

これは不思議と思ったのは番人だけではなく、他の旅人たちも足を止めて、静かに流れる音を聞いていた。気味悪がる者もいたが、番人は、せつに近づくなり、乱

暴に荷物の小行李《こごうり》を開けた。

中には着物や襦袢《じゅばん》などがあったが、その間に、小さな箱があった。音はそこから流れ出ているようだった。

「これは……オルゲンではないか」

番人は一度だけ、長崎帰りの役人に見せられたことがあるという。今でいうオルゴールで、当時もオルゲンが訛《なま》って、そう呼んでいた者もいた。シリンダーに小さな凹凸をつけて、それでピンを弾《はじ》いて音を出す仕掛けである。

「貴様、これは御禁制の品であること、承知していて持ち出そうとしていたか」

「あ、いえ……」

せつは思わず、オルゴールを庇うように手にすると、

「これは前の亭主の形見にございます」

「形見、だと？」

「はい。どうか、お見逃し下さいませ。大切な大切な、形見なのでございます」

「かようなものが亭主の……ますますもって怪しい。うろんな奴、番小屋に来い」

と番人に手を摑まれそうになったとき、せつは思い切り駆けだした。

「こら、待て！」

追いかけようとした番人の足を、連れの男が払って、そのまま地面に打ち倒すと、せつの後から逃げた。騒ぎに気づいた他の番人が、

「待て、こら待てえ！」

と追おうとしたが、もはや江戸の府内ではない。町方《まちかた》の手が及ぶこともできない。

普段なら、大木戸の向こうには品川宿場役人がいて、不法に逃げ出した者を捕らえて、大木戸役人に引き渡すことになっているのだが、雨のせいか出向いて来ていなかった。

死にものぐるいで走ったせつと連れの若い男は、高輪外れにある東禅寺《とうぜんじ》に一旦、身を隠し、夜陰に紛れて、袖ヶ浦《そでがうら》から小舟に乗って漕ぎ出すつもりであった。

東禅寺の庫裏《くり》には、なんと高野長英も潜んでいたのである。

「一別以来でございます」

せつは高野に挨拶《あいさつ》をすると、高野の方もすべてを承知しているように頭を下げて、

「あなたのご主人には、沼津で色々とお世話になった……此度《こたび》は、さらに色々と仕掛けてくれて、改めて礼を申します」

と丁寧な口調で言った。どうやら、高野長英を小伝馬町牢屋敷から〝奪還〟しようと画策していたのは、せつのようだった。

「とんでもございませぬ。実は他の者たちはもう、沖合のロシア船に渡っているかと思います。私は夫の思いを遂げたいまででございます」

「しかし、命懸けで……あなたもまた、公儀に狙われることとなりましょう」

「覚悟の上です。それに……」

せつは初めて微笑を浮かべて、穏やかな口調で言った。

「私も長英様、あなたとともに異国に渡るつもりでございます」

「え……？」

「実は、私の夫も何処かで生きている……そう思えるのです。いいえ、それは確かだと信じられるのです」

「しかし、ご亭主の伝兵衛さんは、あの嵐のとき……」

「はい。船頭たちと一緒に流されました。何日か後に、船はバラバラになっているのが見つかり、夫の羽織や荷物なども浜に流されてきました」

伊藤に話したのは半ば出鱈目《でたらめ》で、せつの夫は漁師ではなかった。実は沼津にある廻船問屋の主《あるじ》で、船主でもあった。概《おおむ》ね、伊勢あたりから江戸を往復する三百石船を扱っていたのだが、その嵐の日は、どうしても江戸に届けるものがあって、自ら乗船していたのである。

夫の伝兵衛はかねてより、田原藩の渡辺崋山とは知り合いであり、崋山を通じて、長英とも面識があった。面識があるどころか、幕府の追っ手から身を匿《かくま》ってやり、異国船に接近して異国に逃がそうとしたこともあった。沼津からなら浦賀奉行の検問を受けずに、逃げることができるからである。

渡辺崋山が田原藩にて自刃し、高野長英が永牢の刑を受けたときに、せつは自分の使命は開明派の人々を救うことだと考えた。夫の思いを引き継ごうと思ったという。

だから、すでに畳んでいる廻船問屋の手代たちにも手伝わせて、危険な綱渡りをしていたのである。せつと一緒にいた面々、そして、大木戸で亭主のふりをしていたのも、元は自分の店の番頭だったのだ。

「で、お内儀……伝兵衛さんが生きているという確信があるというのは？」

「これです……」

とオルゴールを差し出した。先程、大木戸の番人に咎められたものである。

「オルゴール、ですか……」

「はい。長崎帰りのお医者様が、こっそり持ち帰って、聞かせてくれたのです」

せつが小さな箱の蓋《ふた》を開けると、静かな音が流れた。何処か懐かしく、切なくなるような節回しの楽曲だった。

「これは、私の村に伝わる船頭小唄です……一仕事を終えて、湊《みなと》に帰るときに、船頭たちが櫓を漕ぎながら歌う小唄の節なのです」

その音に合わせて、ささやくような声で、せつは一節だけ歌ってみせた。

――沖に漕ぐ櫓は重かろう、陸《おか》に戻るは軽かろう　母ちゃん待つ家　さざ波によそろよそろと騒ぐ風。

せつが歌い終わると、オルゴールの音も静かに消えた。

長英は何度も頷きながら、

「私も聞いたことがある。しかし、こりゃ、どういうことだ。沼津の舟唄がオランダ渡りのオルゴールにあるというのは」

「これは、うちの人が遠い異国で作ったのだと思います」

「伝兵衛さんが？」

「はい。うちの人は器用でしたから……この小唄の節をオルゴールにして、日本に届くように……私に届けばいいと期待して、作ったのではないでしょうか」

オルゴールは十八世紀の末に、スイスの時計職人が最初に作ったとされる。それらが欧州やアメリカに広がっていたのである。

「きっと主人が作ったに違いない。故郷を思いながら……」

それが事実かどうかは分からない。だが、伝兵衛が何処かで生きていて、作ったものに違いない。少なくとも、この歌の楽曲を職人に作らせたのであろうと考えた。

「だから……亭主はきっと生きています……何が何でも子供と一緒に、会いに行く……」

切実な顔でせつが言うと、長英は、

「そういえば、研吉坊は？」

「仲間が先に連れて行ってくれてます。私と一緒では、母子連れとして追っ手がかかってますから、金貸しから」

「そうでしたか。ならば、今宵……」

手筈《てはず》通り、自分たちも浦賀沖のロシア商船に向かおうと、長英たちは確かめ合った。

七

波は静かだが、大きなうねりがある。真っ暗な闇の中で、遥か遠く江戸の灯《あか》りがぽつりぽつりと見えていた。

振り返れば、目の前に帆を幾重《いくえ》にも広げた大きな帆船がある。船体は防水のため樹脂で塗られた黒船だが、〝機帆船〟といって、蒸気でも動くことができるロシア船だ。

蒸気船は五十年以上も前にフランスで造られ、外輪式やスクリュー式の駆動によって、帆船に取って代わった。だが、大量の石炭を積み込まねばならぬことや蒸気機関や外輪の故障なども多かったから、遠洋航海には向かなかった。しかし、ロシアからは松前《まつまえ》、箱館《はこだて》あたりにはよく出没しており、どんどん南下してきている。

小舟から見上げるロシア船は異様なくらいの大きさで、薙左は嘆息して見上げていた。甲板からは水夫らが灯りを掲げて、こっちを眺めている。

潮の香りに、嗅《か》いだこともない石炭の臭いが混じって、薙左は噎《む》せた。

「――おまえたち、本当に、あの異国船に乗るつもりなのか」

薙左は捕らえられた後、浦賀奉行所の船による検問を突破していた。船手奉行所同心として、荷船警備中であることにしたのである。

浪人のひとりが答えた。佐古という男だ。

「そうだ。既《すで》に話はついている。あの黒船は、俺たちを迎えるために南下してきてるのだ。奴らも、日本の事情を知りたいのだろう」

「そのために御定法を犯すのか」

「狭い日本にいて何になる。早晩、この国は滅びる。欧州列国に攻められて火の海になることは間違いあるまい」

「その前に逃げ出すと？！」

「違う。新しい学問をして知識を得て、その後、徳川の世でなくなったときに帰って来るつもりだ。そのときには、武士も町人もない、新しい国造りに尽力するつもりだ……高野長英様はきっとそんな世を作る」

長英は、江戸の麴町《こうじまち》で蘭学塾を開いてから、渡辺崋山と知り合い、小関三英《こせきさんえい》や鈴《すず》木春山《きしゅんさん》らと蘭学を広めたことで、幕府に睨まれる存在になったものの、ピタゴラスやガリレオの科学に傾倒して、西洋の哲学にも造詣《ぞうけい》が深かった。それゆえ〝危険人物〟とされたのだが、

——外を見ようとしない幕閣こそ、亡国の徒である。

と断じていた。ならば、このような国とはオサラバして、自由を求めて新世界に飛び出したいという欲求は、開明的な学者であれば当然であろう。

「いずれ、この国の役に立つときがくる。俺たちは、そう信じて、此度、高野様を助け出して、異国に逃がす企《くわだ》てをしたのだ」

「では、他にも仲間がいるのだな」

「うまく行けば、そろそろ来るに違いない」

ふたりの浪人は、元は田原藩の者だという。渡辺崋山の門弟だったのだ。

「どうだ。おまえさんも海の男ならば、目の前に聳《そび》える、あの黒船に乗りたいとは思わぬか。乗って、遠くに行ってみたいとは思わぬか。江戸湾内で、ちょろちょろと櫓を漕いで、見張りをしているのが、男の一生の仕事だと思うのか」

もうひとりの浪人、岡田がそう言った。

「俺たち船手同心は、幕府の役人だ。理由がどうであれ、法を犯す者を見逃すわけにはいきませぬ。連れ帰るのが俺の使命なんです。さもなくば……」

「斬る、か」

「何処まで逃げても斬り捨て御免。それが我ら船手が、上様《うえさま》から託されたことゆえ」

「その考えが古いと言っておるのだ」

「………」

「異国に行けば、上様も何もない。自分の思うがままに生きられるのだ」

「思うがままに……」

薙左はほんの少し心が揺らいだが、心の片隅では、目の前の浪人たちは己《おの》が責務を放り出して逃げているようにしか見えなかった。

「ならば、幕府をなくした後は、どのような国にしたいのですか」

「なに？」

「高野長英さんも渡辺崋山さんも深い考えがあるのでしょう。でも私には、あなた方の姿勢には感心できませぬ。牢を燃やして、高野さんを異国に逃がす……それが罷《まか》り通れば、これからも自らの危難に遭遇するたび、同じように逃げるばかりになるでしょう。立ち向かうことをしないのですか」

「若造……世の中は、おまえが思い描いているほど甘くはないのだ。事実、人は人として生きよという、高野様のような偉い御仁を閉じこめる幕府のどこに正しい義がある」

「それは……」

言葉に詰まったとき、少し離れた海上で、カンカンと鉦が鳴った。

「!?――」

突然のことに、薙左は驚いて振り返ったが、佐古と岡田は、

「高野様……」

と声に出して期待のまなざしを向けた。そして、艫《とも》で身を縮めていた子供に、

「おふくろさんも一緒のようだぞ。よかったな、研吉」

と笑顔で言った。

「――ああ、無事だったのか……」

薙左も振り返った。実は、研吉が母親と一緒に、異国に生きているであろう父親

に会うために逃げようとしていることは、ここに来るまでの間に、浪人の口から聞いていた。

研吉は不安そうな顔のまま、近づいてくる小舟をずっと見つめていた。やがて、舳先に座っているせつの姿を確認できると、

「おっ母《か》さん！」

大きな声をかけた。

「研吉……ああ、よかった、無事にここまで来れたんだね」

船縁に寄せて、せつは乗り移ると、研吉をぎゅっと抱きしめた。まだ五歳の子供である。母親と同道していなかったことで、我慢していた気持ちが噴き出したのであろう。声を洩《も》らして泣いた。

「おまえは……？」

せつと同じ小舟に乗っている高野長英が薙左に声をかけると、常吉は腰の脇差に手をあてがった。

「船手奉行同心です」

と佐古が答えた。長英は訝《いぶか》しげに眉根を上げたが、薙左は平然と、

「殺され損ねましたがね、ここまで来るのに役立ったようで……それに、子供の前だから、この浪人ふたりは斬ることができなかったのでしょう。人の命を大切にする高野様を慕っている人たちですから」

「……………」

「逃がしてあげたいのは山々ですが、そうは参りませぬ」

薙左が言った途端、背後に立った浪人ふたりが刀を抜き払った。

「若造。悪いことは言わぬ。船を一艘《そう》与えてやるから、そのまま帰れ。こっちは無駄な殺生《せっしょう》はしたくない」

「嫌だと言ったら？」

「――斬る」

その答えを聞いて、薙左は長英を振り返り、

「ですって、長英さん……都合が悪くなれば人を斬る。このような輩が異国に行けば、それこそ日本人は野蛮と思われるだけではありませぬか？」

「なんだと？」

「あなたは、これまでも逃げるため、姿を隠すため、何人もの人を犠牲にした。あな

たを信じ、守ろうとする人も、公儀の人間も……何人かが命を落とし、怪我をした」

「………」

「今般、火事で牢破りをしたときも、何の関わりもない人が犠牲になった。お陰で、咎人の中で逃げた者もいる。あなたは、自分ひとりのために、他が犠牲になってもよいと考えているのですか」

「――何が言いたい」

「自分がそれほどの犠牲を出してまで、逃げなければならないほど立派な人かどうか、ということです」

高野はギラリと薙左を見た。人の心の奥にあるものを剔《えぐ》り取るような鋭さだった。

「たとえ高尚な考えや思いがあっても、ただ自分が逃げるために……そのためだけに、誰かに迷惑をかけてよいものでしょうか」

「黙れ。おまえのような幕府の下級役人如きに何が分かる」

「同じ人間です」

「………」

「あなたは、生まれた人は等しく同じ値打ちがあるとおっしゃってる。私はその考えに、深く感じ入ります。でも……」

　薙左はずいと迫って、

「潔くない。あなたはここで捕まろうが、逃げようが、ずっと逃げてばかりの人生を送るに違いありません」

「さあ、そうなるかどうか。おまえには関わりのないことだ……やむを得まい」

　高野長英がこくり頷いて、合図を送ったとき、浪人が斬ろうとしたが、

「ま、待って下さいッ」

と、せつが佐古にしがみついた。だが、せつを突き放した佐古は、岡田とともに薙左に斬りかかった。刀は奪われたままだが、今度は油断をしていなかったから、柔術でほとんど同時にふたりを海に突き落とした。

「貴様ッ。俺を誰と思うておる！　ここまで来て、貴様らのようなバカ役人に邪魔《じゃま》をされてたまるか！」

　脇差を抜き払った長英が斬りかかってきたとき、薙左は相手側の船縁を蹴って揺らした。長英はそのまま、背後にいた常吉を巻き込んでドブンと一緒に海に落ちた。

　途端、薙左は櫓を摑んで、黒船の方に漕ぎはじめた。

——おや？

という顔になったせつに、

「あなたたち母子《おやこ》は逃がしてあげます」

「え……」

「この国にいても、仕方がないでしょ。一生、借金地獄に苦しめられる」

「………」

「それに、異国の何処か知らないけれど、夫が待っている。その子の父親も、必ず生きて待っていると思いますよ」

せつは何も答えなかった。薙左も黙々と櫓を漕ぎ続け、迫ってくる黒船の偉容を見上げていた。黒い煙が、うっすらと月が滲《にじ》む空を不気味なくらい黒く染めていた。

八

戸田に呼びつけられた薙左は、俯いたまま一言も話さなかった。唇を一文字に結んで、首を横に振るだけであった。

「正直に申せ、薙左……おまえは、せつという女と息子の研吉を黒船に逃がした。異国に逃がしたのだ。そうであろう」

「……………」

「いつまで黙っておるつもりだ」

薙左は知らないと首を振りながら、そのときの様子を語った。

「高野長英らが斬りかかってきたので、咄嗟《とっさ》に船から突き落としたのです。その際に船が激しく揺れて、あの母子も落ちてしまいました……助けようと思ったのですが、辺りは暗く、すぐに姿が見えなくなりました」

「嘘をつくな。奴は……高野長英は、おまえは母子を連れて、黒船に乗せたと話しておる。黒船からは梯子《はしご》が下ろされて、ふたりを上げさせたそうではないか」

「ですから、私はこうして……」

と戸田の膝《ひざ》の前にある〝退職願い〟を指して、

「母子の行方が分からなくなったことについて、責めを負いたいと存じます」

「他の者はみな助かった。高野も再び小伝馬町の牢屋敷に戻された。それゆえ、俺もこうして謹慎が解けたのだ。だから、本当のことを言え。おまえが、かようなものを出そうが出すまいが、進退は俺が決める」

「……………」

「のう……正直に申せ」

　薙左が高野長英らを海に突き落としてしばらくすると、世之助が漕ぐ船が近づいてきた。ほとんど同時に、加治と鮫島が乗った船も近づいてきて、暗い波間で必死に泳いでいる高野や浪人たちを引き上げたという。

「だが、おまえが漕ぐ船は、黒船の方に向かっていた」

「カジ助……あ、いえ、加治さんがそう？」

「いいや。そうは言っておらぬ。サメのやろうも知らぬ存ぜぬだ。おまえは、海に落ちた母子を探していたと言い張った。奴らもどうせ、おまえのことを庇ってそう言ってるのだろうがな」

　戸田はトドのような腹を突き出して、

「どうなのだ。もし、おまえがやったことを加治や鮫島も承知してのことなら、おまえひとりが腹を切るだけじゃ事は済まないのだ。分かっておろう……しかも、おまえは脅されていたとはいえ、浦賀奉行所の者の検問で嘘をついておるではないか」

「はい……」

「それは認めるのだな」

「……そのとおりでございます」

その頃、加治と鮫島は、高輪外れの寺を突き止め、そこから高野らを尾《つ》けて来ており、世之助は光る浮き輪を探して辿り着いていたのだった。捕縛するのは、異国船の梯子に足をかけたときにやろうと思っていたのだが、その前に海に落ちたから助けたのだった。

「さあ、言え。もうこれ以上は我慢をせぬ。俺も元々は気の短い男だからな」

今にも雷を落としそうな顔つきである。

「分かりました……申し上げましょう。ただし、この話は、お奉行……加治さんと鮫島さんは何も知らないことです。私ひとりが勝手にやらかしたことです」

「初めからそう言えばよいのだ」

野太い声で言う戸田に、薙左は純真な目を向けて、

「――ふたりを梯子に登らせた後、黒い服の水兵が甲板から顔を出して、私にも来

いと手招きをしました……」

　薙左は自分は行かぬと断ったが、かなり流暢《りゅうちょう》な日本語を話す男が、船の中を見せてやるから登って来いと言ったのだ。

　一瞬、ためらった薙左だが、海の男として異国船がどのようなものか見てみたいという衝動に駆られた。しばらく、甲板の男の誘いを断っていたが、

「見てみたい……という思いの方が強く、私は国禁を犯して、その鉄の梯子を登ってしまいました……すると、そこにはカピタンが着ているような衣服姿で、鉄砲やサーベルという湾曲した刀を下げた何十人もの兵隊がいました」

「………」

「私はもしかしたら、殺されるのかもしれないと思いました。でも、大柄な異人たちはにこにこと笑っているではありませんか。私を手招きした日本語の上手い男は、元々は伊勢の漁師で、難破した際にロシア船に拾われて、命からがら長崎に帰って来たものの、入国を許されなかったので、そのままロシア船で帰ったそうです」

　淡々と薙左が話すのを、戸田は黙って聞いていた。

「長い年月をかけて、必死に帰って来たのに、親切にも、ロシアの船が送ってくれ

たのに、日本は受け入れてくれない……こんな国にはもう未練がないとロシアで暮らすことを決心したのです」

「………」

「それからは、船に乗って、箱館沖などに現れて、抜け荷のようなことをしながら、開国を迫っていたらしいけれど、決して武力で攻撃することはなかった。むしろ、日本は交易を広げるべきだということを語ってました……そういう意味では、高野長英さんの言っていることは間違いではない。間違いではないのに、捕縛して牢屋敷に閉じこめねばならない……私はそのまま、ロシア船で異国に行っても構わないと思いました」

「なぜだ」

「その船が凄《すご》かったからです。大きさもさることながら、積まれていた石炭で船を動かす鉄のカラクリは、とても人力の及ばぬところだし、風に左右される帆よりも思うがままに推進することができる。そんな船に乗って、もっと広い海に出てみたい。そういう思いに駆られました」

目を爛々《らんらん》と輝かせて、薙左は言った。

「心の底から、そう思いました」

「そうか……ならば行けばよかったではないか。俺なら、行っておるな」

投げ捨てるような言い草で、戸田は言った。

「おまえには親兄弟もおらぬ。妻子もおらぬ。されば悲しむ者もおるまい。そのまま異国に行くのもまた、面白《おもしろ》かったのではないか？」

「お奉行……」

「少なくとも、逃がした親子がどうなるか見届けるまでつき合ってやってもよかったのではないか。でないと、その親子は亭主に会える前に、何処かでくたばってしまうかもしれないじゃねえか」

いつもの少し伝法《でんぽう》な口調になって、戸田は苦い笑いを浮かべた。

「では、おまえは黒船に乗ったのだな」

「――はい」

「高野を捕縛する立場の者が、あえて国禁を犯したと認めるのだな」

「そのとおりでございます」

「死罪だと承知してのことだな」

「はい。そうです」

　薙左はじっと見つめて頷くと、戸田は毅然《きぜん》とした態度になって、

「では、そこで見聞きしたことを、これへ記せ」

　と冊子を差し出した。何も書かれていない綴《つづ》りである。

「おまえの所行は、高野によって南町奉行の鳥居様の耳に入っておる。だが、船手奉行所は加治や鮫島も調べたとおり、せつと研吉は波にさらわれて行方知れずとしておいた」

「お奉行……」

「だが、鳥居は密偵を放って、おまえの行いも調べていたようだから、評定所に持ち出されれば言い逃れはできまい」

「…………」

「しかし、俺は老中の久松様、浦賀奉行の長部様から密偵を頼まれておった……沖合に来る黒船の幕府に対する狙いや画策がいかようなものか。そして、どれほどの規模で、どのような大砲などの仕掛けがある船か……それらを調べるがため、おまえを、〝逃亡者〟のふりをして黒船に乗せて調べさせた。そういうことにする」

「!?――お奉行、しかし、それでは……」

「言うな。おまえが案ずることではない。ただし、その証のため、ここにおまえが見聞したことを書きしたためよ。それを、ご老中に差し出して、極秘文書にしておけば、おぬしの正当性は保たれ、鳥居にあれこれ責められることもないだろう」

　薙左は困惑したように首を傾《かし》げたが、戸田は膝を立てて擦《す》り寄ると、

「そんな辛《つら》そうな顔をするな。おまえは真面目《まじめ》すぎるのだ。これからは……おまえを船手奉行隠密《おんみつ》組頭とする」

　と言って、ポンと肩を叩《たた》いた。

「隠密組頭……そのようなものが……？」

「知らぬとは言わさぬぞ。鮫島や世之助が、抜け荷のために、何ヶ月も忍び込んだことがあるのは、おまえも承知しておろう」

「あ、はい……」

「異国船のことも、これからは気配りせねばなるまいが、川と海は諸国に繋がっておる。ゆえに、諸藩の領内に入ったとしても、〝天下御免〟の捕縛力もある」

「………」

「これからは、そういう極秘の探索に、おまえを任ずる。よいな。理由は何であれ、御定法は守らねばならぬ。罪を犯して逃げている奴は、どのような手立てを使っても捕らえねばならぬ。それもまた……船手奉行の務めゆえな」

「お奉行……」

薙左はこの場では、謹んで受けるとは言わなかった。だが、内外の憂慮すべき情勢を鑑《かんが》みて、薙左は黒船に乗って驚いたことや、自分たちの使う弁才船などとの違いを克明に書くことを約束したのだった。

その後——。

高野長英は牢に入れられ続けたが、それから数年後の弘化元年（一八四四）六月、同じように牢屋敷の火事に際して脱獄し、薬品で顔を火傷《やけど》させてまで逃亡し続け、伊予宇和島《いようわじま》藩主伊達宗城《むねなり》に擁護されて、数々の兵法書や宇和島藩の武力の洋式化に尽力した。

後の砲術家が模範とする書物や大砲などの技術を研究したが、江戸に戻って偽名で町医者をしていたがため、また捕縛される折、壮絶な最期を遂げた。

高野がそういう運命にあることは、むろん今の薙左は知る由《よし》もなかった。

第二話　やまめ侍

一

猪牙がかり——という言葉は、軽々しいという意味だが、猪牙舟が早いことから生まれた。いかにも軽率な語感があったが、それは山谷堀《さんやぼり》に遊女屋があった昔の話で、天保の若者たちは知らない言葉だった。

幕府公認の遊郭である吉原《よしわら》に行くには、土手八丁と呼ばれる日本堤《にほんづつみ》を行くか、隅田川から山谷堀を抜けて吉原まで猪牙舟で漕ぎ着けるのが主な道筋だった。猿若町《さるわかちょう》に芝居街ができてからは、芝居見物をするために猪牙舟で出かける者も多くなると、

「おお。あの旦那《だんな》衆、なかなか、猪牙がかってるねえ」

と使われるようにもなったが、これは軽々しいというより、粋で鯔背《いなせ》な風情《ふぜい》を指すようになったから不思議なものである。

事件は吉原に向かう猪牙舟がひっくり返るということから始まった。

猪牙舟は文字通り猪《いのしし》の牙《きば》のように、船体が細長く作られているから水の抵抗が少ない。その分、安定性に欠けるとはいえ、よほどのことでない限り転覆することは

ない。意外とどっしりとしていて波にも強いから、江戸と川越を結ぶ荷船としても重宝されていた。

だが、今回の事件は誰かがわざと掘割に罠《わな》を仕掛けていて、狙いの猪牙舟が通ったところで、船底を引き上げて横転させた。

悪質な事件を、船手奉行所が調べていたのだが、仕掛けは当然、陸《おか》から操り、仕掛けた下手人が逃げたのも町中《まちなか》である。よって、町奉行所にも探索を依頼していたのだが、月番の南町奉行所は案の定、

――川のことは与《あずか》り知らぬ。

との反応で、すべてを船手が調べねばならぬこととなった。

にも拘わらず、陸で探索をしていると、同心や岡っ引などが邪魔をするから、下手人はなかなか捕まらなかった。つまらぬ探索の縄張り争いには辟易《へきえき》していた薙左だが、腹を立てていても何も解決はしない。こつこつと調べるしかないのである。

「しかし、酷いことをしやがるな」

鮫島拓兵衛が、横倒しになったまま掘割の片隅に放置されている猪牙舟を検分しながら、残された仕掛けを調べていた。

「数本の縄を掘割の底に沈めておいて、勢いよく猪牙舟が近づいて来ると、その縄を思い切り引っ張り上げるのである。縄はこの石垣の前の船杭《はしぐい》にかけて留める。すると猪牙舟の舳先に縄が絡《から》んで……ドボンってことだ」

と鮫島が言うと、薙左が続けて、

「乗っていたのは吉原通いの客が四人で、ひとりが頭を強く打って死んでしまい、後の三人は腕を折ったり、足を折ったりしましたね。掘割に落ちた船頭は運よく掠《かす》り傷で済んだが、初めはこの船頭の櫓の扱いがまずかったと思われたくらい、一瞬の出来事だったらしいです」

「近くで見ていた者は……」

「おりません。この辺りは、吉原に向かう者相手の茶店などもあるにはありますが、夜遅くなると畳んでしまって」

「まあな、あまり人と顔を合わせたくない連中が猪牙舟で来るんだ」

辺りをつぶさに見ていた鮫島は、横倒しになったままの猪牙舟の艫の隙間《すきま》に、こぶし大の石が挟まっているのを指さして、

「あれは……？」

「石ですね」

「そんなことは見りゃ分かる。どうして、あんな石が……猪牙舟に石を積んでるなんざ聞いたことがねえが、何でかな」

薙左は猪牙舟に這うように降りて、水に浸《つ》かったままのその石に手を伸ばした。

「気をつけろよ、おい……」

鮫島が声をかけた途端、ぐらりと船体が揺れたが、かろうじてそれ以上は傾かなかった。袴や袖を濡《ぬ》らしながら石を取り上げると、それには微《かす》かだが血の痕がついていた。

「乗ってた誰かが、頭を打ったのでしょうか……」

「違うな」

「と言いますと？」

「薙左……おまえも隠密組頭になったのだから、少しは頭を使え」

「今は隠密探索ではありません。それに、頭はいつも使っております。いい加減、からかうのはやめて下さい、サメさん」

半ばムキになるのを、鮫島は呆《あき》れ顔で見ながら、

「だったら、言ってみな」

「サメさんの考えそうなことくらい分かりますよ。客のひとりが死んだのは、誰かがこの石で殴ったから。転覆して頭を打ったように見せかけるためだった……そう言いたいんでしょ？」

「そこまでは断じることはできまい」

「………」

「だが、もしかしたら、そうかもしれねえ。おまえは死んだ……誰だっけか」

「『陸奥屋《みちのくや》』という日本橋の海産物問屋の若旦那です」

「ああ、そうだった。おまえはそいつの周りを探ってみてくれ。俺は怪我が少なかった船頭の方を洗ってみる」

ふたりはしかと頷きあった。

日本橋三丁目にある『陸奥屋』は間口が十間もある大店《おおだな》だが、主人を失ったばかりで表戸は閉まり、忌中の貼り紙がされていた。こういう所に御用とはいえ、話を聞きに行くのはなかなか慣れるものではない。

「御免……船手奉行所同心の早乙女という者ですが、昨日の事件について、聞きたいことがあります。家人の方はおられるか」

潜《くぐ》り戸《ど》から出てきた、四十がらみの番頭風の男に薙左が尋ねると、

「南町の旦那で……？」

「いや、今言ったとおり、船手奉行所の者だ」

「あ、そうですか……でも、猪牙舟の事故のことならば、既《すで》に天狗の弥七親分にお話ししてますが」

「船手は船手で調べねばならぬのです。掘割で起こったことですしね。取り込み中なのは承知してますが、よろしくお願いします」

武士なのに腰が低い薙左に、番頭風は戸惑っていたようだが、奥から内儀《おかみ》らしき女が声をかけてきた。

「御用ならば、お通ししなさい、佐久兵衛さん」

「よろしいので、お内儀？」

佐久兵衛と呼ばれたのは、やはりこの店の番頭らしく、謙《へりくだ》ったように腰を屈《かが》めて問いかえしてから、潜り戸を開けた。

薙左が入ると、店は綺麗に片づけられており、丸い棺桶《かんおけ》がでんと据えられていた。線香の匂《にお》いが漂っている。薙左は黙禱《もくとう》を捧《ささ》げてから、内儀に招かれるまま奥の座敷に通された。

「挨拶が後になってしまいました。亡き『陸奥屋』主人・義右衛門の母親、絹江と申します。この度は、色々とご迷惑をおかけして申し訳ございません」

丁重に頭を下げた内儀を見て、薙左は少し戸惑った。亡くなった若旦那の母親にしては若すぎるからである。義右衛門の歳は三十歳と聞いている。内儀はそれよりふたつかみっつ若いのではないだろうか。

「あ、誰にもそう言われます……ええ、私は後妻でして、義右衛門の父親と十年程前に、はい……」

先代は、娘ほどの若い後家を貰ったことになる。

「そうでしたか。それにしても、義右衛門さんもまだ若いのに残念なことでした」

「はい……夫が急な病で亡くなったのが、後添《のちぞ》えに入って一年くらいしてからです。その頃は、まだ義右衛門は二十歳《はたち》くらいでしたので、番頭の佐久兵衛らが支えてくれて、近頃になって何とか人様のお役に立てるようになったのに、夫もさぞや悲しんでいると思います」

傍らで、佐久兵衛も背中を丸めて座っている。絹江のことを心配そうに見ている
が、長年仕えてきたのか、義右衛門の若すぎる死に悲しんでいる様子だった。

「――こういうときに聞きづらいのですが……」

薙左は単刀直入に切り出した。

「義右衛門さんは、誰かに命を狙われるようなことがありましたか」

「は……？」

絹江は意外な問いかけに、きょとんとした顔を向けた。

「お内儀に、心当たりがなければよいのですが、私たち船手や町方は、どのような
小さなことでも調べなきゃならないので」

「そんなことはないと思います……」

困惑したように絹江の語尾が消え入ると、佐久兵衛が助け船を出すように、

「私も随分と長く奉公しておりますが、若旦那はもちろん、前の旦那様も人に怨《うら》ま
れるようなことは何ひとつありません」

「そうですか……」

「こちらが、お訊きしたい。どうして、そのようなことをおっしゃるのです」

　佐久兵衛が身を乗り出すと、薙左は素直に答えた。

「天狗の弥七から話を聞いているかと思ったまでですね……え、聞いてませんか……義右衛門さんが乗っていた猪牙舟に、ある罠が仕掛けられて、ひっくり返り、それで投げ出されて頭を打って死んだのです」

「はい。それなら、お聞きしてます」

「怪我で済んだ他の者にも当然当たってますが、これは誰かに狙われた……としか思えないのです」

「若旦那がですか」

「でなければ、乗り合わせた四人ともがです」

「まさか……」

「ですから、そうでないと確信するまで、私たちは調べねばなりませぬ。ただの転覆とは違いますからね」

「それは、どの船でもよくて、悪戯《いたずら》だったのではないでしょうか……」

　探るような目で佐久兵衛が言うと、薙左はチラリと見やって、

「おや、どうして、そう？」

「どうしてって……狙われる覚えが、何もないからです」

「おかしいですねえ」

「は？」

「只《ただ》の事故ではないのは明らかなんです。そういうときなら、誰かが狙ったのではないかと勘繰るのが普通ではありませんか。身内が突然、理不尽に死んだのですからね、誰かを怨むとかしたくなるのが人情です」

「……………」

「なのに、長年、番頭をしてきた……佐久兵衛さんでしたっけ、あなたは只の事故で片付いた方がいいようだ」

「そ、そういう意味ではありません。私は……主人が人様に怨まれるような人間ではないと言いたかっただけで……あ、そうだ」

　佐久兵衛は少し膝を薙左の方に進めて、

「もしかしたら、乗り合わせた他の人の中に、誰か狙われた人がいるのではないですか。それで、若旦那がトバッチリを食って犠牲になってしまった」

「かもしれませんね」

薙左は頷いて、絹江の方を見た。だが、絹江は俯いたままで、悲嘆に暮れているだけであった。ふたりの話を聞いているのかいないのか、静かに涙をこぼしていた。

二

船手奉行所の朱門には、海風が吹きつけており、目の前の江戸湾には、どんよりとした雲が広がっていた。

今日は特に空が低く見える。

「こんな日は波が荒れるから、見張る方も気を抜くんじゃないぞ」

奉行の戸田泰全が見廻りの同心や水主たちを送り出すと、既に集まって、猪牙舟のことで詮議《せんぎ》をしている加治と鮫島、薙左の所に踏み込んだ。

「どうだ。事件に目鼻はついたか」

「それが……まったく分からない、というのが正直なところですな」

加治が答えると、戸田はやる気のなさそうな溜息をついて、

「だったら、もう事故で片づけてしまうか。町奉行所も面倒臭がっているしな」

「そんな投げやりなことを言わないで下さい、お奉行。ひとりの人間が死に、他の者も大怪我をしているのです」

「だったら、さっさと下手人を挙げねえか。まったく、近頃のおまえらはタルんでやがる。いいか。町方は何でもかんでも、都合の悪いことやヤヤッこしいことは、こっちに丸投げだ。此度の一件も、殺しを狙ったかどうかはともかく、明らかに人を傷つけた輩がいる。下手人が憎けりゃ、地べたを這いずり、川底に潜ってでも探しやがれ」

戸田の怒りは、人の命を虫けらのように奪った下手人への苛立ちに他ならない。それゆえ、機敏に探索をしない部下たちが腹立たしかったのである。

その気持ちを察したように、鮫島が口を開いた。

「死んだ『陸奥屋』の若旦那のことは、後で雍左《ぶんぞう》が言うだろうから、俺は同乗していた他の三人のことを……まずは、金貸しの文蔵は足を折ってしまったが、突然、猪牙舟の舳先が天を突くように上がって、ひっくり返って吃驚《びっくり》したと言ってました」

「金貸しの文蔵……聞いたことがある名だな」

「タチの悪い高利貸しで、別に屋号を持っているわけではないが、まっとうな両替商から借りることのできない者に、十一《とい》という高利で貸しつけています」

「そりゃ、大勢に怨まれてるだろうな」

「身のまわりを調べましたが、不思議なことに貸し借りの揉《も》め事《ごと》はありません。取り立てが厳しくなく、どうせ元本は戻らないと踏んで、利子だけで食ってるようで。ただ、妙なことがありまして……」

「妙なこと……？」

鮫島は乗っていた残りのふたりの素性が分かったと言った。

「医者に担ぎ込まれたとき、偽名を使ってたから分かりませんでしたが、下勘定所の役人で、支配勘定の間垣仁八《まがきじんぱち》という男でした」

「間垣……そいつなら、俺も知っている。たしか、半年ほど前に上役が、公金を着服していたのを勘定奉行に上申して、上役を御役御免に追いやった奴だったよな」

「そうです。あのとき、公金の運び役が舟を使っていたことで、俺たちが調べた……もっとも、その運び役の佐吉だったか、そいつももう死んでますが……」

「え、そうなのか？」

戸田が聞き返すと、鮫島はこくりと頷いて、

「死んだのは五日程前のことです。心の臓の発作ということだが、まだ四十の働き盛り、まあ医者の見立てでは間違いないと」

「なんだか、臭うな……で、残りのひとりは」

「間垣の中間《ちゅうげん》、六平です。こいつも腕を怪我してますが、大したことはなく、船頭は掠り傷で……まあ、狙われたとしたら、『陸奥屋』の主人か、間垣仁八ってところでしょう」

支配勘定というのは御家人である。勘定という旗本職の下で働いているが、頑張れば勘定に上がることができる。幕府の〝官僚機構〟の中にあって、勘定所だけは金を扱う役所ゆえ、武門の誉《ほま》れ高い者はあまりなりたがらない。ゆえに、低い身分から、代官や勘定奉行に成り上がる者もいた。

間垣もそんな野望を持ったひとりだったかもしれぬが、上役の勘定の不正を暴いたくらいでは出世できず、未だに支配勘定のままである。

「上役の勘定ってのは、たしか……」

「石坂朋之助《いしざかとものすけ》といって、旗本としては二百石という微禄《びろく》ながら、昌平坂《しょうへいざか》では屈指の

勉学好きで、算術にも長けており、人柄も良いということで、勘定組頭になるのも間もなくだったのですが……間垣に引きずり下ろされたってわけで」

「その石坂とやらも当たった方がよさそうだな」

加治が言うと、薙左はおやという顔になって、

「その石坂朋之助という名なら、『陸奥屋』のことを調べているときに聞きました」

「なに、まことか」

「はい。『陸奥屋』はご存知のとおり、海産物問屋ですが、江戸前の魚介類はもちろんのこと、上総や下総《しもうさ》、相模からも干し鮑《あわび》や海草、味噌漬けの魚などを仕入れており、多摩川や荒川で獲れる川魚も扱ってます」

「うむ。それと石坂の関わりは」

「まだ、はっきり調べてませんが、勘定所にいた石坂様が、神田川にて、やまめを釣っては『陸奥屋』に持ち込んでいるとか。武士では食えぬようになったので、漁師の真似事をしているとかで」

「武士が漁師、か」

「どうも『陸奥屋』の若旦那とは、前々から釣り仲間だったらしく、それが縁で

……仕入れをしていたらしいのです」

「その若旦那が死んだ……そして、石坂を追いつめて、勘定所を辞めさせた間垣が、猪牙舟に同乗していた……」

戸田は腕組みして唸った。

「これは、たまさかのこととは思えねえな。何かある……この事故、いや事件には、まだまだ裏がありそうだな。おまえら、この絡んだ投網《とあみ》を、一日も早く解きほぐすんだな」


薙左と鮫島はふたりして、石坂を訪ねた。

もっとも市ヶ谷にあった拝領屋敷は既に追い出され、お茶の水の懸樋《かけどい》近くの粗末な長屋に住んでいた。懸樋とは、神田上水を江戸市中に流す〝水道橋〟である。

無精髭で月代《さかやき》もきちんと剃《そ》っていないせいか、石坂は二十過ぎの割りには老けて見えた。虫が湧いていそうな畳の上に浴衣《ゆかた》姿で胡座をかいて、むさ苦しい感じである。丼《どんぶり》の中にある泥のようなものを、無我夢中で捏《こ》ねていた。

「――石坂さんだよね」

声にハッと驚いたように振り返った石坂は、一瞬、ぼうっとした目で、

「あ、びっくり……」

「船手奉行所の者だが、ちょっといいかな」

鮫島は相手が元旗本であろうと、いつものぞんざいな言い草で、

「日本橋の『陸奥屋』の若旦那、義右衛門のことで聞きたいことがあるんだ」

「ああ、構わぬが、少し待ってくれ。今、やまめの餌《えさ》を作っているところでな。俺が作ったものでないと、食わなくなってしまった。面白いもんだ」

「…………」

「いや、何ね。ようやく町奉行所に許しを貰って、魚の釣り堀を作ったのだが、養殖場にするには船手奉行所の許しがいる。けど、まだ、そんな段階ではないのでな。まだ届けてはおらぬが、そっちから来られるとは思うてもみなんだ」

「待て、俺たちは……」

「申し訳ない。目星がついたら、必ず届け出るから、今のところは大目に見てくれぬか。船手の戸田泰全様はまったく知らぬ仲ではない……といっても、向こうは知らぬだろうが、家内の実家が、戸田様の拝領屋敷の近くだったものでな、何度か挨

拶をしたことがあるくらいだが、はは……それに、家内とはもう三年も前に別れたきりだから、会ってもおらぬがな」

自分勝手に喋りながら、魚の餌を捏ねている石坂を、薙左と鮫島は半ば呆れ顔で見ていた。

江戸の掘割や川には、所々を仕切って、釣り堀にしているところもあった。不忍《しのばず》池《いけ》などや海辺にも釣り堀があり、江戸っ子は気軽に釣りを楽しんでいたのである。その釣り堀を、養魚場として使うには、別途、船手から許可を得なければならなかったが、当時、養殖をすることなどなかなかできず、生《い》け簀《す》代わりのようなものだった。

「近頃は、あまり見かけなくなったが、お茶の水といえば、幻のイワナがいたのだがな、多摩《たま》川《がわ》や荒川に負けず、ここ神田川もまだ捨てたもんじゃないってことだ……ああ、待たせてしまったね」

石坂は水瓶《みずがめ》から柄杓《ひしゃく》で掬《すく》って手を洗うと、適当にパッパッと振り払ってから、着物の袖で拭《ふ》きながら、

「てことで、しばらく様子を見てから届けるから、待ってくれぬかな」

「養殖の話なんぞ、どうでもいい」

と鮫島が真顔で言うと、石坂はきょとんとした目になって、

「じゃ、何の用で？」

「初めに言っただろう。『陸奥屋』の若旦那のことで聞きたいことがある」

石坂は釈然としない表情ながら、

「何なりと……知っていることなら話すが、何かあったのかね」

「死んだんだよ。知らないのか」

「し、死んだ!?」

本当に吃驚仰天して、石坂は凍りついたように立ち尽くした。そして、みるみるうちに顔色が青ざめた。

「本当かね、それは……」

「冗談で言えることか。その義右衛門が、誰かに狙われた節もある。少しばかり、話につき合って貰いたいのだがな」

「……知らなかった……もちろん、話をするが……いやあ、驚いた……三日程前に会ったばかりだったからな……いや、本当に……何と言ったらいいか……」

愕然《がくぜん》となる石坂を、薙左は本当に驚いている様子だと見ていたが、疑《うたぐ》り深い鮫島は冷ややかな目を向けていた。

三

酒は苦手だが、蕎麦《そば》を奢《おご》るというと、石坂はすぐ近くの蕎麦屋までついてきた。近くの河岸で働く船荷人足らで賑《にぎ》わっていたが、二階座敷があるので、涼しい川風が入ってくる窓辺に席を取った。

天保年間、鴨南蛮《かもなんばん》が流行《はや》ったという。それをつけ汁にした鴨せいろが、この店の売りだった。石坂は武士を捨て、家禄も役高もなくなったのに、舌だけは肥えていたようで、蕎麦や使われる鴨のうんちくを語りながら、はたと我に返って、

「そんなことより、義右衛門のことだが」

と問いかけてきた。

――この侍、惚《とぼ》けているのか、腑《ふ》抜《ぬ》けなのか……よく分からぬ。

鮫島はやはり疑いの目で見ていたが、薙左は傍らで、あるがままの石坂を目に留

めておこうと思った。

「義右衛門が殺されたというのは、本当のことかな」

石坂は蕎麦湯を残り汁に足して、ぐびっと実に美味《うま》そうに飲んだ。

「あんた……」

と鮫島が睨みつけて言った。

「本当に義右衛門のことを心配してるのか。暢気に蕎麦なんぞ食いやがって」

「そちらが誘ったのではないか……もっとも、俺も久しぶりに美味いものをご馳走《ちそう》になったのでな。つい調子に乗ってしまった」

「元二百石の旗本が俄《にわか》に金に困るとも思えぬがな」

「いや、それが一文無しだ。あんな事件をしでかしたから、拝領屋敷はもちろん、少々、蓄えていたものもぜんぶ、公儀に持っていかれてしまった」

両肩を落として石坂は言うものの、貧しくなったことを、さして苦に思っていない様子だった。それよりも、武士でなくなったことに、むしろ喜びを感じているように、薙左には見えた。

「命あっての物種。公金の横領をして、切腹もなかったのだから、運がよいというか、御公儀の裁断に惻隠《そくいん》の情があったというか、ありがたいことだ」

　悪びれていない言い草に、鮫島は乱暴に箸《はし》を置いて、

「では訊こう。あんた……間垣仁八を知ってるな。支配勘定の」

「むろんだ。俺が公金を横領したことを暴いた奴だからな」

「義右衛門と一緒に猪牙舟に乗っていて、船が転覆、間垣は腕を折る大怪我をした。

その折、義右衛門は死んだ」

　他に中間の六平と、金貸しの文蔵がいたことも伝えた鮫島は、石坂を疑るような目で睨みつけながら、

「義右衛門、間垣、文蔵……この三人には、意外な繋がりがあった。もう言わなくとも分かっているな、石坂さんよ」

「そんなことがあったのか。その三人が乗り合わせたのは特段、不思議ではない」

　石坂は淡々と言った。

「なにしろ、俺が公金を横領したときに、色々と利用した奴らだからな。悪いことをしたと思ってる。しかし、奴らは何も知らなかったことだ。本当に迷惑をかけた」

　そう反省をしつつも、まったく悪びれてない態度に、鮫島は今にもぶち切れそう

な顔になったが、ぐっと我慢をして、

「迷惑をかけた……なんて思っちゃいねえだろ。こいつらが、揃《そろ》って、おまえを売り飛ばした、違うかい」

「まあ、そうとも言えるが……」

「これで、一本に繋がったンだよ。あの猪牙舟に乗っていたのは、中間の六平も含めて、あんたにとっちゃ、裏切り者だった。だから、あんな仕掛けをして、船を転覆させて殺そうとした」

「あんな仕掛け？」

飄々《ひょうひょう》としている石坂に、鮫島はさすがに語気を強めて、

「惚《いかだ》けるンじゃねえぞ。釣り堀を作るようなおまえだからな、掘割に縄を張って、筏のような板を並べて、勢いよく漕いできた猪牙舟をひっくり返すのなんざ、朝飯前だろう。後で調べたら、水底に錘《おもり》のついた筏が沈んでたんだよ」

「言っている意味が分からぬが」

「あくまでも白《しら》を切る気だな」

「だから、何の話だ」

「――これ以上は、蕎麦屋で話すことじゃねえやな。番屋まで来て貰おうか」

船手の事件であっても、橋番所や自身番などを使ってよいことになっている。鮫島は身を乗り出して、石坂の肩をガッと摑むと、

「あんたは腰の大小も捨てたンだ。こっちも遠慮なく叩かせて貰うぜ」

と力任せに立ちあがらせた。


懸樋の番小屋の辻《つじ》を挟んである自身番に連れて来られた石坂は、それでも飄然としており、三道具《みつどうぐ》と呼ばれる突棒《つくぼう》、刺股《さすまた》、袖がらみなどを見て、

「いつ眺めても、こりゃ痛そうだなア」

などと呟いていた。

腰高障子《こしだかしょうじ》の傍らにある梯子は屋根に繋がっており、その上に火の見梯子があって、一番上に半鐘がある。火事でもなさそうだが、番人が上に登って、半鐘の掃除でもしているのであろうか。暢気そうな風情が、また石坂の軽口を誘った。

「あの上から見たら、神田川の河岸も見事に見晴らすことができましょうなあ」

「だからなんだ。とっとと入れ」

鮫島は自身番に石坂を押し入れると、膝隠しの衝立《ついたて》の向こうで、何やら書き物をしていた家主が腰を浮かせて、

「これは、鮫島様……珍しいことで……」

「迷惑そうな顔じゃねえか」

「とんでもございませぬ。今日はまた何事ですか、石坂様とご一緒とは」

「石坂様？　権兵衛、おまえはこの男を知ってるのかい」

「知ってるも何も、この仲間でして、へえ」

と手先で釣りの真似をして、

「暇がありゃ釣り談義。何度か日野宿の方まで、やまめを狙って出かけたこともありますよ。ねえ、石坂様」

「ああ。腕は俺の方が数段いいがな」

自慢たらしく言うのは釣魚《ちょうぎょ》を競い合う釣り人ならではの、楽しげな様子だった。

しかも権兵衛は、この近くで釣り堀を開く際に、色々と奉行所に届ける文書を作ったり、町名主に相談したりと、石坂のために働いていたのである。

「そうかい……だったら、好都合だ。権兵衛、おまえにも、じっくり立ち会って貰

おうか、なあ」

　と言いながら、奥に上がった。奥といっても、わずか間口二間に奥行き三間しかない。これでも奉行所で決められたものより、ひとまわり広かった。

　三畳ばかりの板間に、石坂は正座させられて、鮫島はその前に立った。

「あんたは一筋縄ではいかなそうだから、黙《だんま》りを続けたりしたら、大番屋に移して拷問にかけるから、そう心得ておけ」

「これはこれは、何の取り調べかも知らされていないのに、実に乱暴な話だな」

「船手に陸の常識は通らないと思っておけ。殊に人殺しにはな」

「なるほど。義右衛門は殺しで、その疑いが俺にかけられたってことだな」

「そういうことだ」

「さてもさても……何か悪いものに取《と》り憑《つ》かれたのかな。横領はバレるわ、人殺しにされるわ、こいつは縁起がいい」

「舐めてるのか、船手を」

「そんなつもりはない。大変な仕事だと思っている。俺なんぞ、いつも下勘定所という役所でぬくぬくと働いていたが、船手といえば、雨が降ろうが槍が降ろうが飛び込んで行かねばならぬ。実に立派だ」

「やはり、からかっておるな。まあよい。そういう手合いには慣れておる」

「いや、本当にそう思っている」

「ならば、きちんと答えて貰おうか。あんたは、山谷堀に仕掛けを作って、自分を追いつめて、御家断絶までさせられた奴らに怨みを晴らしたかった。そうであろう」

鮫島が決めつけると、石坂はほとほと困った顔になったが、権兵衛は横から身を乗り出すように、

「旦那。それはいつのことです？」

「三日前よ」

「だったら、石坂様がそんなことできるわけがありません」

権兵衛は確信に満ちた顔で言った。

「その日を挟んで三日ほど、多摩川まで鮎《あゆ》釣りに行ってたんですから」

「鮎釣り？　やまめではなくて、かい」

「まあ釣り好きには、鮎の友釣りもたまりませんからねえ。ちょいと肥《ふと》ってきて、食い頃なんでさあ」

庇うような権兵衛の言い草に、鮫島は訝しむように見やって、

「嘘じゃあるめえな」

「本当ですよ。他にも、釣り仲間は一緒でした」

「しかし、仕掛けだけを作って誰かにやらせた……とも考えられる」

「疑り深いんですねえ」

「でなきゃ、船手でなくとも、同心なんざ務まらないだろうぜ」

下手人は石坂だと決めつけたように言い放ったとき、ジャンジャンと半鐘が鳴った。すぐ頭上で響いたので、みんな一様に驚いたが、薙左が飛び出すと、梯子の上の番人は、外堀に流れ込む神田川の方を指さして、

「大変だア！　火事だ、火事だア！　市兵衛河岸《いちべえがし》のようだぞ！」

その大声に呼応するように、あちこちで半鐘が鳴りはじめた。

「なに、市兵衛河岸!?」

と鮫島が立ち上がると、石坂は不安な顔になって、

「また、私の釣り堀が……」

「石坂、俺と一緒に来い」

鮫島に促されて、石坂は思わず立ち上がった。

四

燃えていたのは、市兵衛河岸近くの石坂の釣り堀だった。やまめ養殖のために仕切っていた桟橋と小屋はすっかり燃え崩れ、黒こげになっていた。

しかも、仕切りの中には、大量の泥が投げ込まれ、ぷかぷかとやまめが何匹か白い腹を出して浮かんでいた。美しい魚体の模様がまるで屍斑《しはん》のように見える。

茫然と眺めていた石坂は、溜息を腹の底から洩らしながら、

「――またやられた……」

と呟いた。

「またとは、前にもやられたことがあるのか」

鮫島が訊くと、石坂はがっくりと両肩を落として、

「仕切りを流されたり、やまめが棲《す》めないように瓦礫《がれき》を落としたりね……いや、参った……俺は釣ったやまめから卵を取って、そこから、この小屋の中で孵化《ふか》させて、

養魚場の中で育てようとしてたんだがね……ええ、これは前々からやってて、去年は結構、うまくいった……成魚になるには三年から五年かかる……やまめは一旦、海に行って、それから戻ってくるものもあるからね……楽しみにしてたんだが……いやあ、参った参った……」

すべてを失って悲嘆に暮れる様子に、権兵衛は慰めるように、

「また私たちが手伝いますから、一からやり直しましょう。ねえ、石坂様」

「ま、そうだな。人を恕んだところで仕方がないしな」

石坂は目の前の惨状を見ながらも、すぐに気持ちを切り替えているようだった。そんな様子を見て、薙左は、

——こんな男が、いつまでも恕みがましく思って、人殺しなんかするだろうか。

という疑念を抱いた。

「サメさん……もう一度、きちんと調べ直した方がいいと思うのですが。石坂さんのまわりのことを」

薙左が近づくと、鮫島はまたぞろ甘い考えが浮かんだなと言いたげに、

「下手人ではない。そう思っているとしたら、そうでない証を探してくるのだな」

「サメさんは〝石坂さんが義右衛門さんを殺した〟と決めつけている。私には、そのことの方が分かりません」

「だから、証を探せと言ってるじゃねえか」

「順序が逆です。石坂さんがやったとしたら、その証を探すのが先ではないですか」

「ふん。悠長だな……だったら好きにしろ。俺もう、おまえのお守《も》り役は御免なんだ。ひとりでやれ」

突き放すように言うなり、鮫島は火事場から立ち去った。

「ちょっと、サメさん……」

呼び止めようとしたが、無駄であろうことは分かりきっていた。薙左は溜息混じりに、石坂を振り返ると、毅然と歩み寄って、

「自身番の話の続きになりますが、このようなことをする奴に心当たりはありますか」

「さあ……分からないな」

「そんなことはないでしょう。先程、あなたは、またやられたとおっしゃった。二度も三度も狙われるとなれば、ただ事ではないと思いますが」

「そうだな……ここに生け簀だの養魚場だのを作られて困る者がいるのかもしれぬ」

「それは誰ですか。漁師ですか。この近くに住む人々ですか」

当時、魚の養殖は難しくて、なかなかできるものではなく、また養殖をしようという発想も乏しかった。鰻《うなぎ》を稚魚から育てたり、海岸近くに生け簀を作って、鯛などを入れていることはあったが、大きな商《あきな》いとなるまでには至らなかった。

だから、漁師が邪魔をすることはありえないし、神田川周辺に限らず、江戸市中には釣り堀が散在していたから、それが気に入らぬという住人がいるとも考えにくい。

「だとしたら、石坂様。あなたを憎いがためにやっていると考えられませぬか」

「俺に怨みか……ふむ……はてさて、怨みとは己が思ってないところで、買っていることもあるからな……」

まるで他人事《ひとごと》のように曖昧《あいまい》に笑う石坂という男が、薙左から見ても苛ついた。どこに真意があって、どこに嘘があるか分からないからだ。ただ、素直に、

――悪い人間ではない。

と感じていたから、深く調べてみようと薙左は思った。

ちらりと川の向こうを見ると、鮫島がどんどん早足になって、牛込《うしごめ》堀の方へ向かっている。誰かを追っているふうにも見えたが、いつもの勝手気ままな癖が出たかと思っただけであった。

薙左は再び、『陸奥屋』を訪れた。まだ忌中の貼り紙が出されていたが、いい商売をしていた大店の割りには、弔問客は少なかった。葬儀は菩提寺《ぼだいじ》で執り行うからかもしれない。

「また、あんたか……」

という顔をした佐久兵衛は、番頭らしからぬ愛想のない男で、店の片隅に押しやっている帳場机で算盤《そろばん》を弾いていた。

――こんなときに……。

そう薙左は思ったが、あえて何も言わず、石坂朋之助のことを訊いた。

「旗本の石坂様……ええ、若旦那とは釣り仲間だったようですが、それが何か」

「今、この人が義右衛門さんを狙ったのではないかと思われる節があるのだが、番頭さん、あんたはどう思う」

「どう思うって……そんなことを、いきなり訊かれても分かりません」

「分からない？」

責めるような目で見る薙左に、佐久兵衛は不思議そうな表情で、

「ええ。分かりません……」

「妙だなア」

「何がでございます」

「石坂様といえば、仮にも勘定をやっていた旗本で、義右衛門さんと一緒に猪牙舟に乗っていた支配勘定の間垣仁八さんの上役ですよ。しかも、石坂様の不正を暴いたふたりだっていう話じゃないですか。何も分からないって答えはないでしょう」

佐久兵衛は苛ついた目で、声も商人とは思えぬほどドスのきいた感じで、

「こっちは店の主人を亡くして悲しんでるときなんですよ。根掘り葉掘り、何を調べたいのか知らないが、探すのは下手人の方でしょ。石坂様が怪しいのならば、すぐにとっ捕まえて調べればいいじゃないですか」

「調べたよ。それが妙なんだ」

「何が妙なんです」

「到底、石坂様がやったとは思えない。もしかして、本当はあんたの方が分かっているんじゃないかと思ってな」

「冗談じゃありませんよ。私が何を知っているというのです。とにかく帰って下さい。若旦那の葬儀のことで立て込んでますので、はい。申し訳ありませんねえ」

佐久兵衛は立ちあがると土間に降り、追い立てるように潜り戸を開けた。

渋々、表に出ようとしたとき、ふと振り返ると奥に繋がる廊下から、絹江がじっと見ていた。薙左が何か問い返そうとすると、佐久兵衛に半ば無理矢理、追い出された。

「——まったく、何なんだ、この店は……」

舌打ちをして、ならば他を当たろうと歩き出したとき、目の前に南町の伊藤俊之介と岡っ引の弥七が立っていた。

「なんだか冴えねえツラだな、早乙女さんよ」

「南町は手を出さないのではなかったのですか」

伊藤が皮肉な顔で近づいて来ながら、

「血の臭いがしたからよ。ちょいと手伝おうかと思ってな」

「いいえ、結構です。これは船手の事件ですから」

「そうはいかねえよ」

にんまり笑った伊藤は、自身番家主の権兵衛から話を聞いたと言って、

「あの石坂様が関わっているかもって聞いたら、うずうずしてきてな……それに、誰かが火事まで起こしたってえじゃねえか」

「早いですね、耳にはいるのが」

「この天狗の弥七は、でけえ鼻がきくだけじゃなくて、耳もいいんだよ」

十手《じって》をポンと突き出して、伊藤は改めて訊いた。

「これまでの粗方《あらかた》のことを、教えてくれねえかな。町方で調べたことも、そっちへ聞かせてやるからよ」

伊藤のやり口は承知している。薙左は縄張り争いに興味はないが、自分が知り得たことを話して、戸田たちに迷惑がかかってはならぬと思い、

「特に話すことはありませんねえ」

と誤魔化《ごまか》して立ち去ろうとした。すると、伊藤は野太い声で、

「おい、待ちなッ。そっちに話すことはなくても、こっちにあるんだよ！」

鋭い目で言い放った。

「!?――――」

振り返った薙左に向かって、伊藤は不気味なほど鋭く口元を歪《ゆが》めていた。

五

京橋にある金貸しの文蔵の店に、伊藤に連れて来られた薙左は、丁度、話を聞きたい相手だったと自ら率先するように乗り込んだ。長屋に毛が生えたような狭い部屋で、情婦らしき女が、片足を吊《つ》っている文蔵の側《そば》で甲斐甲斐《かいがい》しく、団扇《うちわ》を煽《あお》いでいた。

文蔵は伊藤の顔を見るなり、慌てて身を起こそうとしたが、木綿でぐるぐる巻きにされている足が思うように動かず、気まずそうに目を伏せるだけだった。

「逃げるなよ、文蔵……今日は、おまえの阿漕《あこぎ》な金貸しについてじゃねえ。この前の猪牙舟の事故について聞きに来たンだ」

と伊藤は勝手に上がり込んで、情婦を押しやった。

「その話なら前に……」

「聞いたよ。だが、この船手奉行所のお役人にも話して貰おうと思ってよ」

言いながら、骨接ぎをした文蔵の足に軽く触れて、

「どうして、こんな目に遭ったか言ってやろう」

「………」

「おまえは、陸奥屋の番頭、佐久兵衛に、えらく金を借してたそうだな」

「え、まあ……」

「その話、この前はしなかったが」

「関わりねえと思いやして」

「なあ、なんだか妙だとは感じねえか」

「と申しますと？」

文蔵は聞き返しながらも、何の話か探るような目で見ていた。

「だってよ、おまえと陸奥屋の主人、勘定所の間垣仁八……中間の六平はついでだろうが、この三人が一緒の船に乗ってたというのが、どうも妙じゃないか」

「そうですかねえ」

「そりゃそうだろうよ。こっちも色々と調べたがな、間垣から莫大《ばくだい》な金がおまえに渡って、その金が佐久兵衛に渡ってた」

「へえ……」

「だが、おまえは佐久兵衛に貸した金を、一両たりとも返して貰ってねえ。それは、どういうわけだい。欲惚《よくぼ》けのおまえが、利子も受け取らなきゃ、元金も放っておくなんてことは、考えられぬがな」

「それは、まあ……」

言い淀《よど》んだ文蔵だが、座りが悪そうに腰をずらしながら、

「陸奥屋という大店の番頭さんですからね。いずれは返ってくると信じてやすから」

「そうじゃなかろう」

「え？」

と見たのは薙左の方だった。傍らにいた弥七は十手を文蔵に突きつけて、

「正直に言った方が身のためだぜ。でねえと、今度は命を取られるかもしれねえ」

——どういうことだ。

と聞きたい薙左だったが、はやる気持ちを抑えて、しばらく見守っていた。

「おまえは、間垣さんから受け取った金を、佐久兵衛に渡し、その佐久兵衛は……なんと、嶋田様のところに足繁《あししげ》く運んでいた」

嶋田様とは、勘定組頭の嶋田恭三郎のことである。

「さあ、佐久兵衛さんが誰に渡したかなんてことは、あっしは知りません。あっしは金貸しをする元手がいるので、間垣様から融通して貰っていただけのことでございます」

文蔵はきっぱりと否定した。

「よく言うぜ……なら、たかが百俵取りの支配勘定が、どこから千両も二千両もの金を持ってきて、おまえに貸すのだ」

「奥方がどこぞの分限者《ぶげんしゃ》の娘だとかで……」

「白を切るなよ。間垣に女房なんぞいやしねえよ」

「そ、そうなのですか……」

何を隠したいのか薙左には分からぬが、必死に誤魔化していることだけは、その態度から見え見えだった。

「はっきり言ってやろう、文蔵」

伊藤はこつんと軽く文蔵の足を叩いて、

「間垣は、勘定所の金を持ち出して、おまえに渡し、さらに佐久兵衛の手に渡り、陸奥屋からの賂《まいない》と言うことで、嶋田に渡った」

「……………」

「つまり、勘定所の金を横領していたのは、嶋田当人だが、それを分かりにくくするために、色々と迂回《うかい》させて、陸奥屋から貰ったことにした。むろん、その中から、佐久兵衛もおまえも間垣も、幾ばくかは取ってよいと嶋田に言われていたのだろうがな」

「ばかばかしい……何を証拠にそのような……」

吐き捨てるように文蔵が言うと、ゴツンと弥七が怪我をしている足を十手で叩いた。途端、文蔵は悲鳴をあげたが、伊藤は構わず続けた。

「ぎゃあぎゃあ、うるさいよ。どうして、こんな目に遭ったか考えてみな」

「え、ええ……？」

「義右衛門が死んで、間垣とおまえは幸い怪我で済んだが、おまえたちをいっぺんに始末しようとした奴がいるってことだ」

「お、俺たちを……」

「でねえと、あんな仕掛け、わざわざ作ることはあるまい。あの夜……おまえたちは本当に猪牙舟で、吉原に繰り出そうとしていたのかい」

伊藤がぎろりと睨みつけたが、文蔵は口をつぐんだままだった。また弥七が十手で足を叩くと、文蔵は悲鳴をあげながら、

「か、勘弁してくれ……俺は狙われた方じゃねえか、こっちが怪我をさせられたンだ……な、なんで、こんな日に遭わされなきゃならないんだ……下手人を探すのは、あんたたちの仕事だろうがッ」

「——そうかい。あくまで知らぬ存ぜぬか。何処で誰と会おうとしていたか、それさえ教えてくれりゃいいのだがな」

「し、知らねえ……」

「そうすりゃ、おまえたちを狙った奴が誰かも分かろうってものだがよ」

「ほ、本当に知らないですよ、伊藤の旦那……本当に……」

俄に情けない声になったが、到底、信じられないという顔で、伊藤は言った。

「おまえは、〃死一倍《しにいちばい》〃を扱ってるくせに、てめえのことは気にならないのかい」

「――死一倍?」

薤左が首を傾げると、それも知らないのかと弥七が十手の先で、自分の心の臓あたりを軽く突《つ》きながら、

「人の命に金を掛けておいて、死んだら、ごっそりと金が入る仕組みを〃死一倍〃ってんだ。死んだ義右衛門には、先代の後添えが受取人として、金を掛けていたんだよ」

今でいうと生命保険というところだろうか。

「義右衛門に掛けていた金は、いつ入ることになってるんだ」

「それは……」

「正直に言えよ。間垣から迂回するだけじゃ、疑われる何かが出てきた。だから、陸奥屋に入る金がしぜんに見えるように、義右衛門を殺したんじゃねえのかい」

核心を突かれたのか、文蔵はどきりとなって伊藤を見た。

「それだけではない……もしや、義右衛門は、横領した金を迂回していたことを知

らなかった。たとえばだが、これは番頭の佐久兵衛が勝手にやっていたことだ。だから、義右衛門を殺さなきゃならないことになった……だが、ただ突然死んだのでは、お上《かみ》に疑われる。疑われりゃ、あれこれ調べられる。だから、事故が一番だった」

「…………」

「あの仕掛けを素早く片づけておけば、ただの転覆に見えたかもしれない。だが、たまさか船手が駆けつけてきたから、仕掛けは放置されたままだった。だから、何者かがやったと露顕した」

「…………」

「それにしてもだ。あの仕掛けで、確実に義右衛門を殺せるとは限らない。だから、大事故で転覆したと見せかけた上で……おまえと間垣が、義右衛門を殺した」

「し、知らない……」

必死に首を振る文蔵の足に向かって、弥七が思い切り十手を振り上げて、叩きつけようとすると、

「や、もうやめてくれ！　ほ、本当に折れちまうよう！」

と叫んだ。

にんまりと笑った伊藤は、軽く足を撫《な》でながら、

「やはり、これも嘘だったんだ。間垣やその中間が怪我をしたってのも芝居……つまり、おまえたちは、義右衛門を殺すために、転覆を仕組んだってわけだ。川の上ならば、探索は船手になる。そして、ただの転覆として処理されると踏んでた……違うか」

と一気呵成《いっきかせい》に責め立てたとき、薙左はあっとなって文蔵の前に立った。

「では、あの石は、おまえが義右衛門を叩くために……船の中に落ちてたんだよ」

「！…………」

「殴った後で、投げ捨てたつもりなんだろうが、猪牙舟の中に残っていた。血の痕もあった。横倒しになって頭を打って死んだ……おまえたちも一緒に乗っていれば、お上は信じる。そう思ってのことか」

薙左が迫ると、伊藤はなるほどと頷いて、

「その石……町方に譲って貰おうか。証拠として、お白洲《しらす》に突き出す」

と言ってから、文蔵の胸ぐらを摑んで、

「正直に吐いてしまいな。でないと、おまえも殺されるかもしれないぞ……間垣に、

いや、嶋田に……！」

俄にわなわなと震えはじめた文蔵に、情婦が抱きついて、

「あんた……本当のことを話そうよ……でないと、殺されちゃうよ、本当に、私たちまで殺されちゃうよ……」

と言いながら、さめざめと泣くのだった。

その姿を見ていた薙左は、徐々に事件の背景が見えてきたが、

――まだ釈然としないものがある。

と思って、胸を撫で下ろす気にはなれなかった。なぜか、義右衛門の内儀と番頭の顔がちらちらと浮かんで、消えなかった。

六

「なんだと？　南町に手柄をやった？」

戸田は不機嫌な声で、薙左を振り返ったものの、本当はさして気にしていない様子で、自分を納得させるように頷き、

「なるほど。下手人さえ分かれば、手柄なんぞ、どうでもいい。町奉行所だろうが、船手奉行だろうがな……てことは、何かを見つけたな」

「──はい」

「おまえは、そういう奴だ。手柄より、事件の真相解明が大事。その真相解明より、人の気持ちが大事……もしや、またぞろ誰かを庇うつもりで、南町に探索の鍵《かぎ》を投げたンじゃあるまいな」

「違います」

　薙左は首を振ったが、半分は当たっていた。勘定組頭の嶋田が公金を着服していたことは、当然、町方でも追いつめていくであろうと踏んだのだ。しかし、薙左が気になったのは、伊藤が、

「誰に会いに行くつもりだったのか」

と、しきりに気にしていたことだ。吉原に繰り出すというのは、義右衛門を殺そうとした他の三人の口実だったのかもしれない。ならば、そこで事故に見せかけて殺しておけばよいだけのことだが、

──本当は誰に会いに行くつもりだったか……。

という疑問は、伊藤にもうやむやにされてしまった。

「薙左……おまえは、その会う相手が、この事件の黒幕だと思っているのだな」

「もちろんです。それで、少しばかり支配勘定の間垣仁八、その中間の六平、金貸しの文蔵の身のまわりをもう一度、調べてみたのですが、意外なことに……」

「意外なことに？」

「絹江との繋がりがあるようなのです」

「――絹江？」

「はい。先代『陸奥屋』の後妻、絹江です。この女、はっきり素性は分かりませんが、とにかく、その三人と密《ひそ》かに繋がっている節があるのです」

「どう繋がっているのだ」

「そこのところは、まだお奉行にお伝えするほどの証は持ち合わせてませんが……少なくとも間垣と文蔵のふたりとは、古くからの知り合いのようなのです」

「古くからの……」

「その辺りを、お奉行が裏で調べてくれれば、分かるのではないでしょうか。金貸しの文蔵という奴……こいつは伊藤様に何か握られているようですし、その昔、何かやらかしたのかもしれませんから」

「なるほど……つまり、絹江って後妻が、とんだ女狐《めぎつね》かもしれねえ……おまえはそう踏んだのだな」

「まだ、分かりませんが……」

「よし、調べてみよう」

戸田が頷いたとき、鮫島がぶらりと入ってきて、腰の刀を鞘ごと右膝の横に置いて、

「お奉行……釣り堀なのに、とんでもない大きな魚が引っかかりました」

火事のあった石坂の養魚場の騒ぎを見ていた男を、鮫島は尾けていたのである。あの場からいなくなったことを、薙左は不思議に思っていたが、

——やはり、そういうことだったか。サメさんらしい。

と思ったが、口には出さなかった。

「で、大きな魚とは？」

「尾けた男……遊び人の風体《ふうてい》だったが、おそらく忍びの手合いだと思います」

「忍び、な……」

「そいつが入ったのは、なんと小石川にある鳥居様のお屋敷でさ」

「鳥居様の……」

「ええ。鳥居様は町奉行になってからは、当然、南町奉行所の役宅におりますが、目付の頃から、何人もの密偵を町中に放ってますからな」

「てことは、サメ……鳥居が一枚、嚙んでたとでも？」

鮫島はしたり顔で、戸田と薙左を見ながら、

「嚙んでたどころか、どうやら釣り堀……いや養魚場を潰《つぶ》したかったのは、鳥居様だったようです。養魚場というより、狙いは石坂さん自身のようですが」

「その訳は」

「……それは、薙左。おまえが勘づいているのではないか？」

ちらり見た鮫島の様子から、戸田は何をか察したようで、

「分かっていることがあるのか」

「先程も言いましたが、まだすべて証のあることではありません。実は今から、石坂様に会うことになっております」

「そうか。ならば、しかと言質《げんち》でも証でも摑んでこい」

戸田は深くは追及せずに、薙左に任せたとばかりに頷いた。

その日の夕暮れ。すっかり暗くなってから、薙左が石坂の長屋を訪れたとき、室内に灯りはなく、気配もなかった。

内側から表戸も閉まっていたので、薙左は不安になって、裏手に廻って小さな濡れ縁に履き物のまま上がって障子戸を開けると、文机《ふづくえ》に一枚の書き置きがあった。

薄暗い中で、手探りで掴んでから、濡れ縁に戻って月明かりにかざすと、

『申し訳ない。私は間違っていた』

とだけ書かれていた。

「間違っていた……どういうことだ？」

薙左の胸中に苦いものが広がった。だが、その一文だけでは、どこに行ったかすら分からない。だが、あるとすれば、

——勘定組頭の嶋田恭三郎。

しかおるまいと思った。

お茶の水から、番町法眼坂《ほうがんざか》にある嶋田の屋敷まで、ほとんど休みなく走ってきた

薙左は、門前に立つと大声で挨拶をしたが、出てきた中間は訝しげに、

「嶋田様はご病気にて、休んでおります」

と言うだけであった。

「本当ですか」

「嘘をついて、何とします」

「ならば、お伝え願いたい。元勘定の石坂朋之助さんが来ても、絶対に会わないようにして下さい。私たち船手のみならず、町方もお守りいたしますから……と」

「どういうことでしょうか」

「とにかく、そうお伝え下さい。できれば、明日も勘定所には出向かない方がよろしいかと存じます。そう伝えて下さい」

薙左は切羽詰まった声でそう言うと、来た道を戻りはじめた。麴町の御用地近くに来たとき、ふいに背後から人の気配がした。振り返ろうとしたとき、いきなりブンと音がして刀が振り下ろされた。

「あっ――!?」

と避けたが微かに肩を掠めた。ひらりと跳《と》び退《しさ》って、腰を屈めると同時、鯉口《こいぐち》を

切って身構えた。相手はひとりだが、その動きは軽やかで忍びのようであった。サメさんが尾けたという鳥居の密偵かもしれぬと思ったが、押し問答をしているときでもあるまい。

二の太刀《たち》を相手が浴びせてくる直前、刀を抜き払って牽制した。敵は踏み込む間合いを探りながら、右へ左へと体を揺らしている。まるで影絵のように揺らめいたとき、

——シュッ。

と鋭い音とともに、棒手裏剣がまっすぐ薙左に飛来してきた。いつ投げたかも分からぬほどの素早い動きだった。眉間を捉《とら》えられたかと自分で思ったほどだったが、運よくこめかみを掠めただけだった。

薙左はそれでも相手の動きから、目を離さず、じりっと後ずさりをして、路地に飛び込んだ。そのまま走って逃げようと思ったが、背中を向ければ、また棒手裏剣を打たれると思い、後ずさりをしていたが、追いかけてくる気配がない。

——おや……。

と首を傾げた途端、うぐっと鈍い声がして、路地の向こうにドタリと、今し方、

薙左を襲ってきた忍び風が倒れた。

「!?……誰だ……」

声をかけると、懐紙で刀の血を拭《ぬぐ》いながら、通りから顔を出したのは、石坂であった。この前会ったときのような飄々とした顔ではなく、いかにも武芸者らしい険しい表情で、寄らば斬るという態度だった。

「余計なことをしたようだな、早乙女殿」

押し殺したような声も、どことなく人を威圧する厳しさがあった。

「どういうことですか、石坂様」

「今、斬ったこの男は鳥居耀蔵様の密偵である。承知しておろう」

「………」

「俺は目をつむっていたのだ。嶋田の不行跡にはな」

元の上役を呼びすてにするとは、やはり人知れぬ何かが、あったに相違あるまい。それが何かはおよそ見当はついている。だが、薙左はまだ油断をせずに、石坂を見ていた。相手が鞘に刀を戻して、ようやく薙左も納刀して、

「町方が義右衛門さん殺しの下手人を探しております。私は、それを命じた本当の

黒幕を暴きたいだけなのです」

「そんなことをして何とする」

「さすれば……公金横領のからくりも、関わった奴らも暴けると思いましてね」

凝視する薙左を見つめ返していた石坂は、

「ついて来い」

と手招きをして背中を向けた。

薙左はその背中を見ながら、ゆっくりとついて行った。

七

訪ねた先は、『陸奥屋』であった。潜り戸から顔を出した番頭の佐久兵衛は、露骨に嫌な顔になって、

「またですか……こんな刻限に何の御用ですかな」

と薙左に言ったが、その横に石坂がいるのを見て、思わず潜り戸を閉めようとした。だが、素早く足を挟んで、佐久兵衛を中へ押しやり土間に突き倒した。弾みで、

上《あ》がり框《かまち》で頭を打った佐久兵衛は、

「う、うう……」

苦しそうな声を洩らしたが、石坂は同情するどころか足蹴にして、

「出て来い、絹江！」

と奥に向かって声をかけた。

「聞こえているはずだ！　出て来い！」

薙左は唖然《あぜん》となって、

「何をするのです、石坂様」

と近づこうとすると、素早く刀を抜き払って、

「おまえもよく見ておけ。直《すぐ》にこやつらの素性が分かる」

「？……」

それでも、薙左が石坂から刀を取り上げようとしたとき、絹江が奥から出てきた。

驚きながらも、ふて腐れたような顔で、

「こんなことをしちゃ、男が廃《すた》るよ、石坂の旦那」

少し蓮《はす》っ葉《ぱ》な言い草は、先日、見たときの絹江とはまるで違う人物のようだ。だ

が、石坂の険しい目はさらに鋭くなり、

「黙って、そこへ座れ。でないと、おまえの愛《いと》しい男を斬る」

そう言いながら、まだ頭を打って呻《うめ》いている佐久兵衛の首に刀をあてがった。

「ええ!?」

驚いた薙左は石坂を振り返ったが、脅された絹江の方は平然としたまま、

「殺せるものなら殺してみなさいな。あんたがお縄になるだけさね」

「ついでに、おまえも斬ってやるよ」

「そんなことができましょうか」

絹江はおかしそうに半笑いで、傍らの箱火鉢まで悠長に歩き寄った。そして、煙管《キセル》を掴み取ると、火打ち石を何度も打って、火種を作り、煙管をくわえた。箱火鉢に炭火はないが、灰はこんもりとあった。

「ねえ、石坂さん……あんたはうちの義右衛門と随分、気が合ったようだけれど、本当はやまめとか釣りのことなんかじゃなくて、義右衛門に近づきたかっただけでしょう?」

「…………」

「だがねえ、残念なことに、義右衛門は何ひとつ知りませんでしたよ。公金にまつわる話なんざ。すべて、この佐久兵衛がやってたことでね。もちろん、先代の主人も、まっとうな商人でしたよ」

「承知してる……だからこそ、俺は決めたんだ」

と石坂は毅然と言った。

「決して、『陸奥屋』を潰してはならぬとな」

「潰してはならない……？」

首を傾げて、絹江は石坂を見つめた。

「先代も一生懸命働いて、これだけの身代《しんだい》にしたんだ。なあ、絹江、おまえが後妻に入ったお陰で、店が潰れたとあっては、先代も義右衛門も泣くに泣けまい」

ふたりはじっと睨み合ったまま、お互いの気持ちは通じあっているかのように、沈黙を続けた。その間にいた薙左は、ふたりの視線が痛かった。

「石坂さん。どういうことですか」

「…………」

「あなたは、ずっと嶋田の公金横領を探って、突き止めようとしていたんじゃないのですか。そのために、奥様を実家に帰して縁を切ってまで、命懸けで上役の嶋田を追いつめようとしたのではないんですか」

不思議そうな顔で、石坂は薙左を振り返った。

「どうして、おまえはそんなことを……」

知っているのだと消え入る声で言った。薙左は勘定所の役人たちからも、色々と聞いていたのだが、石坂の辞め方が妙だったから、自分なりに推測を立てたのである。

「ほう、俺の辞め方が気になると?」

「はい。あなたは、すぐそこまで嶋田様を追いつめていた。後は、『陸奥屋』から何らかの証拠を得て、嶋田様に突きつければよかった。もし、嶋田様が居直ったとしても評定所へ訴え出るつもりだった。そのためには証拠がいる。だから、義右衛門さんに近づいた……そこまではいい。けれど、その後で、なぜか、あなたはすぐに勘定所を辞めている」

「………」

「それは、どうしてなのですか。そこの絹江さんと関わりがあるのですか」

「ほう、この女と……」

「そうでしょ。だから、わざわざ私をここに連れて来たのではないのですかッ」

薙左が問い詰めるように言うと、絹代の方がきゃははと腹を抱えるように笑って、ポンと箱火鉢の角で煙管を叩いた。

「なんだい、このド素人《しろうと》のような役人は」

まるで女俠客《きょうかく》のような仕草に、薙左は目を細めて見ていたが、絹代はもう一度、下卑《げび》た笑いを吐き出して、

「話してやったらどうだい、石坂の旦那……いや、お兄様……」

「お兄様？」

「ああ。私のあんちゃんだよ」

あんちゃんという言葉に、絹代は力を込めて言った。

俄に寂しそうな目になった石坂は、軽く佐久兵衛の肩に刀を触れさせて、

「そうだな……こいつにさえ、会ってなけりゃ、おまえももう少しマシな生き方ができたかもしれぬのにな」

「逆だよ、あんちゃん……佐久兵衛さんが、私に生き甲斐をくれたのさ。こんな私

でも、どんなことをしてでも、生きていけると教えてくれたんだよ」

　訳が分からずふたりの顔を見比べていた薙左に、絹江が近づいてきて、煙を吹きかけるように語りかけた。

「この人は……石坂朋之助は私の実のあんちゃんなんだよ……もっとも、もう十数年も前に、生き別れになってたけれどねえ……再会したときに、その顔は、すぐに分かったよ……あれは、あんちゃんが十六、私が十三の春だった」

「………」

「春だったけれど、越後はまだ雪ン中だ。ずぼずぼと深い雪に足を取られながら、私は女衒《ぜげん》に連れられて、故郷から連れてかれた……女郎屋に売られるためだ。うちは地元の郷士だってことだったが、田畑を持たない百姓より酷い暮らし。貧しいから仕方がなかった……」

　絹代は遠い思い出を手繰《たぐ》り寄せるように、静かに語った。

「そのとき、必死に木刀を振って助けてくれようとしたのは、あんちゃんだけだった……けど、相手は大人だし、何人もいたし……あんちゃん、真っ赤な血を吐きながら、雪の中に叩きつけられて……」

少し俯き加減で、薙左は黙って聞いていた。

「それから、色々とあって、江戸の深川《ふかがわ》まで流れ着いてから、この佐久兵衛さんが私の客になってね……色々と面倒見てくれて、〃身請け〃をしてくれることになった……はは、でも、〃身請け〃はこの人じゃなくて、『陸奥屋』の主人の方……先代の庄右衛門さんだよ」

「先代……後添えとはそういうことか」

「佐久兵衛さんは、先代を私の客にさせて、そしたら、上手い具合に色仕掛けにはまっちまってさ……私は後添えになりながら、目をこっそり盗んでは佐久兵衛さんと……」

「なんと……」

「若いあんたにゃ分からないだろうが、男と女てなあ、そういうものさね……色と欲が重なりゃ、なんだってできる」

「なんだって……」

「そうさ……まあ、そっから先は言うつもりはありませんがね」

薙左も何をか勘づいたか、ハハンと頷いたとき、絹江は袖に包むようにして握っていた灰をパッと石坂にかけた。

アッと目を閉じた次の瞬間——。

佐久兵衛が石坂をドンと押しやって逃れ、代わりに浪人が奥から飛び出てきて、バッサリと石坂を斬り倒した。

薙左も思わず抜刀して刃向かおうとしたが、突然のことに刀を抜ききることができず、相手の刃を受け止めるに留《とど》まった。土間に転がった薙左は必死に立ちあがって、反撃に出ようとしたとき、浪人の背中を石坂が斬った。

「うわあッ!」

その場に浪人は倒れたが、傷は浅い。浪人は這々《ほうほう》の体《てい》で逃げ出した。石坂は死力を尽くして、刀を杖《つえ》にして耐えながら、

「もうよせ、き、絹江……こんなことは……もう……」

と片手を差し伸べた。

薙左はその石坂を必死に抱えながら、「しっかりしろ、傷は浅い」と声をかけていたが、ずるずると土間に崩れた。

その間に、絹江と佐久兵衛は、手に手を取り合って逃げ出した。

八

その夜のうちに、絹江と佐久兵衛は捕らえられて、鉄砲洲の船手奉行所に連れてこられた。詮議所のお白洲に座らされたふたりは、もはや逃れられぬと覚悟を決めたのか、ふて腐れたように居直っていた。

壇上には戸田が鎮座しており、傍らには加治、そして薙左が立ち会っていた。ほんの一瞬のこととはいえ、相手に隙《すき》を与えて、石坂を斬られたことは薙左の失策だった。幸い命を落とさずに済んだが、大怪我を負ったがため、これからは人並みに動くことは厳しいかもしれない。

「申し訳ありません……私が一緒にいながら、こんな……」

薙左は深々と謝ったが、戸田は黙然《もくねん》と絹江と佐久兵衛を見下ろして、

「何もかも、おまえたちが蒔《ま》いた種だ」

と責めるように言った。だが、ふたりとも鼻先で笑って、

「そうですかねえ……」

同時に答えた。絹江が続けて話そうとすると、佐久兵衛の方が身を乗り出して、

「たしかに地獄道に落ちたかもしれません、お奉行様……ですがね、私たちが罪を背負うならば、嶋田様……勘定組頭の嶋田恭三郎様をお縄にするべきではありませぬか」

「つまり、嶋田がすべて悪いと？」

「でしょうが。悪さを仕組んだのは自分のくせに、てめえだけは安穏《あんのん》と暮らしている。何かがあったら、こっちが咎められるんですからねえ」

「では、おぬしたちは、公金横領は嶋田の差し金だと認めるのだな」

「認めるも何も、それが事実でして、はい」

佐久兵衛はきっぱりと答えた。

戸田たちが調べたとおり、嶋田は自分が扱う勘定所の帳簿を誤魔化して、支配勘定の間垣に命じて、金貸しの文蔵に渡し、それをさらに『陸奥屋』を迂回して、嶋田に渡るようにしていたのだった。

その横領に気づいた石坂は、『陸奥屋』を調べるべく、義右衛門に近づいた。釣りが好きだということで親しくなった。だが、義右衛門は知らぬことで、すべては

佐久兵衛が仕組んでいることだと分かった。そして、事件の真相に迫ろうとしたとき、

——先代主人の後妻が、生き別れになっていた妹の絹江だ。

と石坂は気づいた。当初、石坂は素知らぬ顔をしていたが、とんだ悪の道に踏み込んでいると思って、絹江に本当のことを話させようとした。だが、実は佐久兵衛が間夫《まぶ》であって、絹江とぐるで義右衛門を騙していたことも知ったのだった。

「石坂はかなり悩んだようだぜ」

戸田は絹江のことを深川は土橋の『結城屋』という女郎屋で働いていて、佐久兵衛が馴染《なじ》み客であったことの裏を取っていた。ふたりが組んで、『陸奥屋』の先代をたぶらかし、義右衛門を思うように操っていたことを責め立てたが、

「私が番頭じゃなきゃ、とうの昔に潰れてましたよ。海産物問屋てのは仕入れに金も手間もかかるんです。勘定所からの金が廻ってこなけりゃ、こっちも少々、危なかった」

「だからって、その裏金のカラクリを知った義右衛門を殺したのは、いかにも悪党のすることだ。人間のすることではない」

毅然と戸田は言ったが、絹江も佐久兵衛も餓鬼道《がきどう》をひたすら歩いて来ていたためか、反省の欠片《かけら》もなかった。人を舐めきったような顔つきのふたりを見ていて、戸田は何を言っても無駄のようだと感じた。罪を認めるならば、即刻、刑場送りだなという思いがあって、

「他に何か言うことはないか」

と戸田が訊くと、佐久兵衛は「おや？」という目つきになって、

「嶋田様の罪は問われないのですかねえ」

「どうしてだ」

「私たちだけが悪いことをしたと幕を引かれちゃ、割が合わない」

「つまり、地獄の道連れにしたいってことか」

「まあ、そういうことで……散々、こっちも危ない橋を渡ってきたんですからねえ。義右衛門殺しまで請け負って……先代も嶋田様が誰かに命じて殺したんですよ」

「おまえが殺《や》ったのではないのか」

「まさかッ」

佐久兵衛はぶるぶると首を振って、

「人を手にかけるほど、私には度胸はありませんよ。私は、ただただ地獄のような暮らしから、絹江を救いたかっただけだし、上手い具合に『陸奥屋』を操ればよかっただけで。なあ、絹江……それに、今般の義右衛門殺しだって、手を下したのは間垣様たちでございましょう。私たちは、言いなりになっていただけですから」

「だから、自分は悪くないと？」

「ええ。嶋田様の横領の手伝いはしましたが、誰ひとり殺しちゃいません。ですから、三尺高い所に首を晒されるなんて、おかしな話じゃありませんか」

「石坂を斬ったではないか」

戸田が睨みつけると、佐久兵衛は殊勝な顔で、

「あれだって、用心棒の浪人が勝手にやったことだ。咄嗟のことです。その用心棒だって元々は間垣さんの屋敷に出入りしていた者で、実のところは私らふたりの見張り役でしてね……私たちは悪くない」

「悪くない……」

「ええ。私たちだけが悪いわけじゃない。そう言いたいんですよ」

「だったら、きちんとすべてを話して、改めて町奉行所のお白洲にも足を運んで貰

うから、そう覚悟しておけ。鳥居様の取り調べは厳しいぞ……あることをない、ないことをあることにして、事件を作ることなどお手の物ゆえな」

鳥居の名を聞いて、絹江と佐久兵衛は首を竦《すく》めた。そんなふたりをじっと見据えた戸田は、こくりと頷きながら、

「裁きを言い渡す……」

と威儀を正したとき、薤左が膝を進めて、

「少々、お待ち下さい、お奉行」

「——なんだ」

「絹江さんに伝えてくれと、石坂さんから頼まれたことがあります」

薤左は身を乗り出したが、絹江は特に感情を露《あら》わにすることはなかった。だが、戸田が言うてみよと許したので、薤左は訥々《とつとつ》と話しはじめた。

「生き別れになった後、結局、父親は借金を苦に自害し、母親も病に倒れて、一年程寝込んでから亡くなったらしい。しばらく遠縁の者に、石坂さんは預けられたらしいが、そこで、ちょっとした出会いがあったんです」

「…………」

「学問を教えてくれた人だ。越後の小さな寺子屋だけど、沢山《たくさん》のことを学べば貧しさから抜け出せることを覚えたらしい。だから、まさに蛍雪《けいせつ》の功を積んで、越後の下級藩士になり、そこから江戸屋敷詰めとなり、同じく越後出身の人に引かれて、幕府の下勘定所に入るまでになったんです」

「それが……？」

何だとでも言いたげな絹江を、薙左はじっと見つめて続けた。

「いつかは偉くなって、生き別れになった妹を捜し出すためだ……幕府の役人になれば、妹のことが分かるかもしれない……そして、いつか妹に巡り逢ったら、恥ずかしくない人間でいたい。ただただ、その思いだった」

「…………」

「だけど、あなたは変わっていた……小さい頃のような純真で可愛《かわい》い妹ではなかった……でも、石坂さんは妹の死ぬほどの苦労が分かっていたから、責めることはなかった」

「…………」

「それどころか、妹のために『陸奥屋』と勘定組頭の繋がりを暴くのをやめよう。

そう決心したんですよ。嶋田様を責めれば、悪事をバラせば、そのまま『陸奥屋』のことも表沙汰になる。そしたら、ようやく摑んだ妹の幸せも台無しになる」

じっと聞いている絹江に、薙左はそっと近づいて、小さな根付けを渡した。白いやまめを象《かたど》ったものだった。

「これは、生まれ故郷の氏神の祭りで、父親に買ってもらったものらしいな。春になるとやまめが沢山釣れる川があったから……よく一緒に釣りにも出かけたんだろう？　白いやまめは、村の守り神だったとか」

「…………」

「あんたはこれを大切にしていたらしいが、女衒に連れて行かれるとき、千切《ちぎ》れて落ちたらしい……石坂さんは、真っ白い雪の中から、それを見つけ出して、いつかこれを妹に渡す……そう誓っていたそうだよ」

「…………」

「でも、渡し損ねた……あまりにも、昔の妹と違っていたから……でも、もう嶋田様を追いつめるのをやめようと決めたとき、勘定所の役人をやめた……ために、石坂さん自身が横領をしたと疑われるよう、間垣が仕組んだらしいが、それでもあえて反論をしなかったのは……反論をすれば、あんたを巻き込むからだ」

　薙左はまるで自分のことのように、思いの丈を訴えた。

「だから、石坂さんは好きだったやまめの養魚場を作って……うまくいくかどうかは分からないけれど、これからは穏やかに暮らしていきたい。やまめの燻製《くんせい》などが沢山作れるようになれば、『陸奥屋』とも繋がりができるし、何より義右衛門と釣り友だちということで、妹のあんたの顔を拝むこともできる」

「…………」

「石坂さんは、そんな思いだったんだ。ただ、それだけだ……その昔、たったひとりの妹を守ってやることができなかった……その後ろめたさがあって、今度は助けたい……たとえ、少しくらい悪いことに荷担していたとしても、平穏に暮らさせてやりたい……そう思っていただけなんだ……けれど、あんたは、石坂さんがいつ本当のことをバラすか、気が気でなかった……」

　そこまで話したとき、薙左は少し声が掠れていた。

「今頃は、サメさんが石坂さんを斬った浪人を捕まえてるだろう。他の殺しのことも、横領のことも探索が進む。さすれば町奉行も動く……あんたたちは、世間に晒される……むろん、石坂さんもだ……」

「…………」

「あんたが一番しなきゃいけなかったことは、素直に、石坂さんの言うことを聞くことだったんだ。俺はそう思う」

真剣に言う薙左の言葉に、絹江はぎくりとなって見つめ返した。そして、掌《てのひら》にある白やまめの根付けを撫でるように掴み直すと、

「——あんちゃん……」

と小さな声を洩らした。その刹那《せつな》、絹江は越後の深い雪を思い出したようだった。掌の根付けに、まるで冷たい雪の中で拾ったかのようにハアハアと息をかけていた。

「まだ、遅くない……まだ遅くないと思うけどな、昔に戻るのに」

薙左がぽつりと呟くと、ふいに海風が吹き込んできて、お白洲の中で一陣舞ってから、曇り空に広がっていった。

第三話　川は流れる

一

その屋形船の中には、檜《ひのき》の湯船が設《しつら》えられており、ゆっくりと湯に浸《つ》かることができた。湯船の他に熱い湯の入った甕《かめ》があり、ぬるくなると継ぎ足しながら、湯煙を楽しむことができるので、大店の旦那衆には人気があった。

これを、文字通り〝湯船〟という。

隅田川を上り下りする荷船を眺めながら、何も考えずにぼうっとする。このひとときが、忙しい毎日で疲れた体を癒やす贅沢《ぜいたく》だった。

波音がちゃぽちゃぽと湯船の揺れと重なり、夏風が心地よく吹き込んでくる。遠くに見える柳の木や松の木、ずらり並ぶ土蔵の屋根や白壁が、この世のものではないほど美しく見えた。

「旦那様……湯加減は如何《いかが》でしょうか。もう少し熱いのを足しましょうか」

少し掠れた艶《つや》のある女の声がした。

「そうだな。ついでに、おまえも一緒に入らぬか」

返事をした旦那はもう還暦近い男であろう。年の割りには張りのある体つきで、細身ではあるが、腕や肩が盛り上がっている。色も日焼けして黒くて、算盤だけを弾いている商人ではなく、長年、お天道様《てんとうさま》の下で働いたと思われる風貌《ふうぼう》だった。

木場《きば》の材木問屋『大黒屋』の主人・杢兵衛《もくべえ》である。

船頭の他には、妾のお登勢《とせ》しかおらず、すでに襦袢姿で相手をしていた。その襦袢も脱いで、一風呂浴びろと杢兵衛は誘ったのだが、照れ臭がって洗い場となっている板間に座ったままだった。

「何のために湯船を借り切ったのだ……ほれ、お登勢、恥ずかしがる歳でもあるまい」

歳のことを言われるのは少し嫌だった。もう三十路《みそじ》も半ばを過ぎ、肌の衰えを如実に感じていたからである。

嫁にも行かず、杢兵衛の〝囲い女〟として暮らしはじめたのは、十八の歳だった。その頃、杢兵衛はまだ四十過ぎの働き盛りで、若い者よりも血気盛んな態度で、鋼《はがね》のような体をしていた。父親ほど歳が離れた男だったが、気っ風《きっぷ》のよさと鷹揚《おうよう》な気質に、お登勢は惹《ひ》かれたのだった。

もちろん、内儀はいる。若い頃、共に苦労をしたからと、離縁をしたり、他に住まわせることはしなかった。お登勢は元々、店の小女だったから、内儀も承知しており、妾として認めていたのである。

桜餅で有名な長命寺《ちょうめいじ》の近くに庵《いおり》を編んでおり、杢兵衛はそこで絵を描いたり、茶を点《た》てたりして、風流を気取っていたが、お登勢はそこに住まわせていた。

「さあ、いつも一緒に入っているではないか。おいで」

杢兵衛が何度か誘うと恥ずかしそうにしていたが、船頭の目だけをちらりと気にして、襦袢を脱ぎ捨てると、湯船に入った。

船頭は見ぬふりをして、櫓を漕いでいた。抱き寄せて、乳繰り合うような声だけを聞いているようだった。

そのときである。

すうっと猪牙舟がまっすぐ近づいてきて、ドンと湯船にぶつかった。

船頭の目の端にちらりと猪牙舟の先端が見えたときには、もう激突していた。

「うわあッ！」

激突の勢いで船頭は川に投げ出された。必死に船縁を掴もうとしたが、水面から見ると遥か遠くて手が届かない。泳いでいるうちに猪牙舟との間に挟まれそうになったので、船頭は必死に逃げるしかなかった。

「な、なんだ……お、おい、船頭!?」

湯船から声をかけた杢兵衛だが、返事はない。

その次の瞬間、猪牙舟から、ひとりの若い男が乗り込んできて、

「大黒屋杢兵衛！　貴様のような人でなしは、死んでしまえ！」

と叫びながら、匕首《あいくち》を突きつけてきた。杢兵衛は驚きながらも、お登勢を庇おうとしたが、揺れる船で均衡を崩してしまった。若い男の匕首は狙いがずれて、お登勢の脇腹をグサリと刺してしまった。

一瞬にして湯船が真っ赤に染まった。

「!?――な、何をする！」

悲痛な叫び声をあげながら、杢兵衛はお登勢を抱き寄せようとした。だが、お登勢は俄に気を失った。

「お、お登勢……！」

ぶくぶくと湯船に沈む裸のお登勢を、杢兵衛は懸命に抱え上げて、畳敷きの脱衣

所に寝かせた。脇腹から血が流れているが、傷は浅かった。湯の中にいたから体が温かくなっており、出血が多く見えただけである。

「大した怪我じゃねえ。俺は、おまえの命が欲しいンだ」

「ま、待て……金ならやる。この船の中には、百両程あるはずだ。それを持って、何処へでも行ってくれ。頼む……」

丸裸の姿で杢兵衛は懇願したが、若い男はケタケタと笑い飛ばして、

「今更なんでえ。あのときにその金が……いや十両もありゃ、女房のおさきは助かったンだ。死なずに済んだんだ」

「——え……？　何の話だね」

「惚けるな。覚えてねえとは言わせねえぞ。もう三月《みつき》くらい前になるか。俺はあんたに金を借りに行った、大黒屋さんよ」

「あ、あのときの……」

杢兵衛は驚いて見やったが、若い男は汚いものでも踏みつけるように蹴った。

「あのときのじゃねえぞ！　おまえのせいで、女房はお腹の赤ん坊と一緒に死んじまった……苦しみ藻掻《もが》いて……やっと幸せになれると思ったのに……」

女房のおさきは元々、体が弱く、逆子《さかご》で母子共に危なかったが、蘭方医の今で言えば〝帝王切開〟のような施術を受ければ、もしかしたら助かるかもしれなかった。だが、金がないから、諦めざるを得なかった。

「だけど、あんたなら助けてくれる……俺はそう信じて……あの晩、訪ねて行った……覚えてるだろう」

「死んだのか……知らなかった……」

「惚けるな！　おまえは俺の話をろくに聞きもせずに、けんもほろろに追い返そうとした。だけど、俺は必死に頼んだ。助けてくれ……女房を助けてくれって……」

今にも泣き出しそうな顔で、若い男は刃物を摑んだまままそう言った。裸で正座をした李兵衛は両手をついて、

「済まなかった……謝る……何度でも謝る……だが、見てくれ……お登勢が怪我をしている。こんなに血が流れてる……頼む。早く医者に連れて行ってくれ……」

「俺も同じように頼んだはずだがな」

「だから、それはこのとおり謝る……けれど、あのときは、本当に分からなかったんだ。あんたのことを、信じることもできなかったんだ……だから、無下《むげ》に追い返

した。済まない。このとおりだ」

　李兵衛は頭を床に擦《こす》りつけた。だが、若い男は匕首をさらに強く握りしめた。

「だったら、女房子供の所に行って謝って貰おうじゃねえか。ついでに、俺の親父《おやじ》にもな。詫《わ》びて貰おうじゃねえか。この恩知らず」

　叫ぶように若い男は言ったが、李兵衛はがっくりと両肩を落として、

「――覚えてなかったわけじゃない……だけど、あのときは仕事で忙しかったし、本当に分からなかったんだ……後で、ハタと気づいたんだが、まさか……あの久米蔵さんの息子さんとは信じられず、とんでもないことをしたと思ってたんだ」

「だったら！」

「聞いてくれ。すぐに番頭や手代に命じて、おまえさんを探させたが、久米蔵さんの息子だというだけで、名も分からない。八方手を尽くして探したが、産婆などを訪ねて臨月の女も色々と当たったけれど、本当に分からなかったんだ」

　李兵衛は全身を震わせて謝ったが、若い男は断固、勘弁しないという顔つきで、喉元に匕首を突きつけた。

「――久米蔵って名は覚えてたンだな」

「あ、ああ……」

「忘れられては困る。久米蔵は、あんたの命の恩人だ」

「わ、分かっている」

「そして、俺はその命の恩人の息子、柳吉《りゅうきち》だ。今のあんたがあるのは……『大黒屋』があるのは、俺の親父のお陰じゃないか。なのに、俺の女房子供を助けてくれなかった……親父は病死する前、あんたは信用できる人だ。だから、江戸に行ったら頼れ……そう言ってくれてた」

「…………」

「だけど、なるべく人様に迷惑はかけたくなかった。だから、俺は……」

「江戸に出てきたときにすぐ、挨拶に来てくれてたら……急に現れても……」

「なんでえ、その言い草は！　俺は何度も親父の名を出して頼んだじゃねえか！」

またカッとなって匕首で斬りかかったが、今度は杢兵衛が柳吉の腕を掴んだ。そして、匕首を奪おうとしたが、杢兵衛の掌が切れてしまった。だが、体は屈強で気も強いのか、杢兵衛は大声をあげながら、柳吉に殴りかかろうとした。

しかし、それはハッタリで、そのまま障子戸をくぐって川に飛び込んだ。

ドボンと音がすると同時、裸の杢兵衛は必死に泳ぎながら、近くを通りかかった川船に向かって、必死に助けを求めて叫んだ。

「……ケッ……まったく、どこまで酷《ひで》え男だ。あんたのこと置き去りにして、てめえだけ逃げやがったぜ」

柳吉は屋形船の櫓を摑むと、

「あんたも逃げたきゃ、さっさと飛び込むんだな。誰かが助けてくれるだろうぜ」

と言いながら漕ぎはじめた。川面の杢兵衛に目を移すと、水練が足らないのか、溺《おぼ》れているようにも見える。

――すぐに追っ手がくるに違いない。

そう思った柳吉は、急いで櫓を漕ぎ続けた。

二

材木問屋『大黒屋』に、船手奉行所与力・加治周次郎と船手番同心・早乙女薙左が訪れたのは、その夜のことだった。

伸びきった立葵も枯れそうな時節なのに、寒そうに丹前《たんぜん》にくるまって出てきた杢兵衛は、

「捕まえてくれたかね」

と苛立ちを隠せない顔で言った。

「いいえ。あれから探し廻っているのだが、何処に消えたか分からぬのだ」

加治は事もなげに言った。

「まだお縄にしてない!? 冗談じゃありませんよ。早いとこ牢屋敷にぶち込んで貰わないと、眠ることもできやしない」

「それなら安心してくれ。船手の者を張り込ませているし、町方の者も手を貸してくれることになっている」

「そんな悠長な……こっちは命を狙われたンですよ。裸のところを襲われたンだ」

「助かった、屋形船の船頭から聞いたよ。いきなり乗り込んできて、あんたに恨み言を投げつけて、斬りかかったそうだが、相手に心当たりはあるのだな」

「え……？」

「この人でなしと叫んだ声を、必死に泳ぎなら船頭は聞いたそうだ」

「え、ええ……」

「こっちでも調べると、あんたの乗っていた〝湯船〟にぶつけた猪牙舟は、日本橋川の河岸で盗まれたものだった」

「何のために……」

「丸裸になったあんたを殺したかったんだろうな。隙だらけだし」

「……………」

「それよりも、置いてけぼりにした妾の方は気にならぬのか」

少し責めるような言い草の加治に、李兵衛は顔を曇らせて、

「そりゃ、ずっと心配してますよ。あの後、どうなったのか、殺されたのではないか、無事なのかどうか、頭から離れません」

「まだ〝湯船〟が見つかってないということは、殺してないとは思うが……それにしても、屋形船は重いのに、船手の追っ手を巻いたのだから、よほどの腕利きの奴だったと見える。猪牙舟の扱いも慣れていたというからな。もしかしたら、船頭だったのかもしれぬ。心当たりはないか」

「はて……」

「おまえの心当たりから攻めた方が、手っ取り早いのだがな」

何かを探るような目で見る加治に、李兵衛は首を振って、

「さっぱり、分かりません」

「妙だな」

「え？」

「わざわざ猪牙舟を盗んで追いかけてまで、おまえの命を狙ったんだ。だからこそ、おまえも必死に逃げた。頭のおかしな奴に襲われたとでもいうのか」

「あ、はい……本当に心当たりなんぞありません」

じっと見据える加治から、李兵衛は気まずそうに目を逸《そ》らした。

「――そうかい」

加治は隠し事をしていると察したが、それ以上は問わずに、

「心当たりがないのなら、また襲ってくることは、まずないだろう。船手の者は引き上げるとする」

「そ、そんな……」

「梅雨《つゆ》晴れの陽気で、おかしい奴が増えたからな。〝湯船〟のような重い船で、そ

うそう遠くへは行けまい。邪魔したな」

立ち去ろうとすると奥から、「待って下さい」と内儀の声がした。歳は杢兵衛と同じくらいであろうか、上品で清楚《せいそ》な雰囲気の内儀が出てきて、

「おまえ様。正直にお話しした方がよいのではありませんか」

と水を向けた。

杢兵衛は少し戸惑ったように帳場の前に戻って俯いていたが、内儀のおくには、丁寧に加治に頭を下げてから、「おまえ様が言わないのならば」と自ら話しだした。

「襲ってきたのはおそらく、柳吉という遊び人だと思います。そうでしょ、おまえ様」

「…………」

答えないところを見ると、おくにの言うとおりであろうと、加治は思った。傍らでは薙左もじっと聞いている。

「船手の旦那……うちの主人を狙ったのは、間違いなく柳吉です」

「どういう男なのだ」

「はい。『大黒屋』は私の父親が三代目で、この人は養子縁組で入ったのでござい

ます。十二のときに小僧として入ってからですので、私とも幼馴染みみたいなものです」

「婿養子、か」

「はい。恥を言うようですが、〝湯船〟に一緒にいたのは娘のように若い妾ですが、まあ他に道楽をするわけではない人ですので、私も目をつむっておりました。見たとおり、私はおかめですので」

「そんなことはありません」

思わず薙左は口を挟んだ。人柄がよさそうで、性格のよさも内面から滲《にじ》み出ている。おかめというのも謙遜《けんそん》であろう。

加治は黙っていろと薙左を制して、おくにに柳吉についての説明を続けさせた。

「うちの人が、この店を継いだ頃は、それはもう大変な火の車で、傾きかけていました。それでも主人は頑張って、なんとか商いを続けようとしたのですが、運のないときにはどんどん酷くなるもので、人の借金まで被ってしまい、にっちもさっちもいかなくなってしまいました」

「今の暮らしぶりでは、到底、そうは見えないがな」

「主人が頑張ったからです。もちろん手代たちも死にものぐるいで……でも、そのきっかけを作ってくれたのが、高麗屋《こまや》の久米蔵さん……柳吉さんの父親なんです」

「高麗屋の久米蔵……どっかで聞いたことがある名だな」

と加治が言うと、おくには小さく頷いて、

「船手の旦那ならご存知かと思います。江戸と川越を結ぶ、大きな材木船の船主だった人です」

「ああ、あの……会ったことはないが、名だけは知っている」

ひらた船を筏のように組んで、五尺廻りもある大木でも江戸の木場まで運んでくる大仕事をしていた男で、川筋者を束ねる親分肌の男だった。

「うちの人は、川越からさらに奥に行って木材の仕入れに向かったのですが、誰も相手にしてくれません。思い詰めたうちの人は、行った先で首を吊って死のうとしたそうです」

「首を……」

「すんでのところで助けてくれたのが、久米蔵さんでした。そうでしょ、おまえ様」

おくにが問いかけても、素知らぬ顔をしている杢兵衛を、加治は訝しげに見やり、

「どうなのだ。答えられぬ訳でもあるのか」

と問いかけた。

「それは……たしかに、おくにの言うとおりです。私は、久米蔵さんに助けられたことを忘れたことはありません」

渋々という感じだが、杢兵衛は認めた。そして、遠い昔のことではあるが、昨日の事のように思い出しているようだった。

江戸に帰っても仕方がないと思った杢兵衛は、泊まった木賃宿《きちんやど》の一室で、鴨居に帯紐をかけて首吊りをしようとしていた。たまさか、隣の料理屋の中庭に降りた久米蔵が、杢兵衛の姿を垣根越しに見て、考える間もなく駆けつけて、必死に引き止めたのだ。

もちろん顔見知りではあったが、材木問屋のさらに下請けの問屋だった『大黒屋』は、商売上、深いつき合いがあったわけではなかった。だが、杢兵衛の身の上を親身になって心配してくれた久米蔵は、自分の屋敷に連れ帰って、一晩中、色々と話をした。そして、切々と、

「死んで花実が咲くものか。当面は、俺がなんとかするから、命を粗末にしちゃい

かん。いいね、大黒屋さん」

と説得してくれた。

「どうして、ここまで面倒を見てくれるのかと思いました……これは、先代や先々代から続く縁というやつです」

「いい話じゃないか。なぜ、隠さなきゃならないのだ。しかし、恩人であることはたしかなようだが、その息子に襲われた訳は……」

李兵衛は観念をしたように、屋形船の中であったことを話した上で、三月程前に金の無心にきた柳吉を追い返したことを語り、

「そのことで逆恨みをされたのです。だからって、殺しにかかることは、あまりに酷いじゃありませんか」

「だが、おまえが金を出さなかったことで、女房と赤ん坊は亡くなったんだろう」

必死に首を振りながら李兵衛は言った。

「それは、分かりません。私も調べたんです。けれど、そんな母子を見つけることはできなかった。それに……」

「それに？」

「あ、いえ……」

「この際、すべて話した方が、あんたもスッキリするんじゃないのか」

　加治がさらに迫ると、やはり渋々と杢兵衛は話した。

「……船手の旦那方には関わりないことですし、おくににも言ってませんでしたが、久米蔵さんとはその後もあるんですよ」

「その後……？」

「ええ。実は五年程前、浅草でばったり会いましてね……昔、私を助けてくれたときとは、人相も変わってて、すぐには分からなかったのですが、どうやら……商いではなくて、賭け事で失敗したらしくて、借金取りに追われる暮らしぶりになってました」

「久米蔵が、か」

「はい。もう『高麗屋』も人手に渡り……私は恩義もありましたから、二百両というまとまった金を渡しました……あの人がしてくれたことの何倍もの恩を返したつもりです。ですが、それで味をしめたのか、まるで脅しをかけてくるように金を無心するので、二度と会わないと引導を渡したのです」

「ふむ。それからは……」

「二度と会っていません。ですから、病死したことも知りませんでした。それで、突然、息子と名乗る者が恩着せがましく現れても……そんなこと信じられますか。仮に、本当の息子だとして、そこまで面倒を見なければいけませんかねッ」

「そうだな」

「この歳になってこんな目に遭うなんて……人生とは因果なものですな」

「――因果なもの？」

「あ、いえ、そう思っただけです」

李兵衛は目を伏せた。まだ何かを隠しているようだったが、加治はあえて問わずにいた。これ以上は話しそうもないし、いずれは、ずるずると出るだろうと思ったからだ。

「どうか、旦那方。一刻も早く探して下さい。でないと、お登勢のことが心配だ」

それが本音かどうかは分からない。妻の手前、曖昧な言い草だったが、加治はしかと頷いて表に出た。薙左もついて出た。

しばらく歩くと、小さく溜息をついて『大黒屋』を振り返った加治に、

「何か他に、気がかりなことでもあるのですか？」

と訊いた。

「ありもあり、大ありだ……もしかしたら、奴は『白河夜船《しらかわよふね》』と関わりがあるかもしれねえな」

「白河夜船？」

「そのために、俺は前々から『大黒屋』に目をつけていたのだが……」

「どういうことです、加治さん」

「ふむ……今般の一件と関わりあるかどうかは分からぬが、薙左……おまえはサメを追って、柳吉とやらの行方を探してくれ。こっちは、死んだ母子について調べてみる」

加治のいつになく険しい顔に、薙左は緊張で頷いた。

三

その頃、宵闇の中を——鮫島拓兵衛は、船手の猪牙舟を操って、荒川と隅田川の合流する辺りを何度も探っていた。

狙いの〝湯船〟は海には出ず、上流に向かったことは、白魚漁師や荷船の船頭らから確認を取っていた。中川の船番所に向かうことは考えられないが、念を入れて、他の船手同心らが探索している。

吾妻橋《あづまばし》を超えて、向島《むこうじま》の方に向かえば、木母寺《もくぼじ》や水神《すいじん》、堀切《ほりきり》村の方など、鬱蒼《うっそう》とした川や水路となり、香取明神《かとりみょうじん》や吾妻大権現など幾らでも船ごと隠れる所がある。

「もし、船を捨てて陸路を逃げたとなれば、厄介でやすねえ」

船頭の世之助が声をかけると、鮫島が答えた。

「陸に上がった方が楽だろうぜ。誰かの目につく。だが、何処かで別の小舟に乗り換えて逃げられれば、川は何処までも続いている……」

ひとたび荒川や利根川に出れば、支流や沼沢はまるで網の目のように広がっており、関東八州はもとより、遠く奥州、あるいは信州の方にまで逃げられる。そうなればお手上げだ。〝湯船〟では、女を刺したことしか分かっていないから、その生死は分からない。ゆえに、死体でも見つからない限り、諸国に人相書が出廻ることもないだろうから、探しようがなくなるのだ。

「屋形船は扱いにくい。それでも、まだ捨ててないということは、何処かに潜んでいるか、よほどの腕の船頭で、遠くまで逃げ切っているかだろうよ」

鮫島は猪牙舟の舳先で目を凝らしていたが、提灯あかりでは細かなところは見えない。ただただ黒い水面とざわつく葦原《あしはら》や雑草が連なっているだけであった。

幾つかの瀬を抜けて、荒川に出ると俄に流れと波が強くなった。

風の音が強くなり、湿った草花の匂いが漂ってきて、ちらちらと白い花が見える。

梅雨には白い花が多く咲くというが、立葵だけは赤みがかっている。

ふいに鮫島の脳裏に、遠い昔、捕り逃がした凶悪な渡世人《とせいにん》の顔が浮かんだ。鮫島が船手に来て、二年目のことだった。

渡世人でありながら、金に困って商家に押し入って、番頭や手代を三人斬り殺し、船を盗んで荒川を小舟で遡《さかのぼ》り、上州に逃げたのだった。鮫島は河岸という河岸に立ち寄っては、それらしき者を探して追いかけ、戸田河岸でようやく見つけ出した。

そこから、中山道《なかせんどう》に逃げられれば、ますます追うのが難しくなる。

油断したわけではないが、ほんの一瞬、目を離した隙に渡世人の姿が消えた。懸命に、鮫島は探したが、結局は見つけ出すことができなかった。

――また今度も……。

という思いが起こったのは、自分でも不思議だった。それから後は、一度たりとも下手人を見失ったことがない。だが、不安が込み上げるのは、何故《なぜ》なのか、鮫島自身にも分からなかった。

ぎゃあぎゃあと、葦切《よしきり》が鳴いた。葦原にいる鳥である。

夜なのに目が見えるのであろうか。あまり群れない鳥だからか、泣き声が胸の奥から込み上げてくるようで、切なく聞こえる。まるで、見失った〝つれあい〟を呼んでいるようでもあった。

「サメさん……時も経《た》っているし、やはりもう屋形船は乗り捨てて、何処かへ上がっていると思いやすがねえ」

諦め口調で世之助は言ったが、鮫島は少し怒ったような声で、

「いいから、この辺りをゆっくり、つぶさに探すんだ」

と自分にも言い聞かせるように命じた。

一方――。

屋形船の〝湯船〟は闇夜に紛れて、千住《せんじゅ》河岸から荒川に出て、さらに下総に向かって漕ぎ出したところであった。だが、行く手には、真夜中なのに何故か御用提灯が並んでいる。

「……やはり早手廻しに、船手や町方が来やがったか……ちくしょう。俺は何もしてないじゃねえか……捕まってたまるか」

柳吉は表情を引き締めて、櫓を漕ぐ手を止めた。そんな柳吉を、湯船の横に座っているお登勢が振り返った。身に纏《まと》った赤い襦袢が、肌に吸いついている。怪我は大したものではないが、不安げな顔で、

「何もしてないことはないでしょう。私は傷つけられ、旦那様は川に落ちた」

「落ちたんじゃねえ。てめえから飛び込んだンじゃねえか」

「あのままなら殺されたからです」

「おまえを捨てて逃げた。そういう奴なんだよ」

「違います」

「ふん。いい人だと思いたいんだろうが、現に、てめえだけ助かりたかった……おまえも逃げてもいいぜ。人質にするつもりはねえ」

「私は……泳げませんから」

　俯いて寂しそうに言うお登勢を見やって、柳吉は苦笑して、

「ほれ、みろ。泳げぬ女を置いて、てめえだけ逃げたンだから、人でなしだ。どうせ、いつもは、『おまえのためなら、いつでも死ねる。惚れてるぜ、お登勢』なんて囁《ささや》いていたんだろうが、片腹痛いやな」

「――でも、本当に……本当にあなたのことを案じてました」

　お登勢は申し訳なさそうに頭を下げた。杢兵衛がしでかしたことが、まるで自分の罪であるかのように、

「柳吉さんとやら、あなたが久米蔵さんの息子だと信じられなかったんだと思います。でも、旦那様はいつも、久米蔵さんのことばかり話しておりました。今の自分はあの人がいなければない。『大黒屋』があるのも、久米蔵さんのお陰だと」

「ふん。口では、何とでも言えらアな」

「……本当のことです」

「心配するな。別に俺はあんたには何の怨みもねえ。適当なところで逃がしてやるよ」

吐き捨てるように柳吉が言うと、お登勢は寂しそうな笑みを浮かべて、

「どっちでもいいんです……」

と洩らした。

「え？」

「さっき、葦切の鳴き声がどこかから聞こえましたね」

「…………」

「鳴いても鳴いても、きっと誰も迎えにきて貰えないんです」

「何の話だ」

「別に私も……惚れて旦那様の妾になったわけじゃない。もちろん嫌いじゃありませんがね。世間では芳齢ってんですかね、女のいい時をすべて捧《ささ》げたんですから、悔やんでるわけじゃないけれど……もっと他の生き方もあったんじゃないかとね」

「ふん。鳥の声で泣き言かよ。あんたの身の上話なんざ、酒の肴《さかな》にもならねえ」

と柳吉が悪態をついたとき、ドスンと舳先の方に何か重いものが落ちたような衝撃があった。続いて、ドンドンと幾つかの衝撃があって、屋形船が激しく揺れた。

櫓を摑んでいた柳吉も思わずしゃがんで、船縁を摑んだ。

途端、障子窓を開いて、屋根に頭を打たないように屈みながら、黒装束《しょうぞく》の数人の男が座敷に入ってきた。行灯《あんどん》も提灯もすべて消していたので、柳吉の目は闇に慣れていたが、相手はしばらく手探りをしているようだった。

「やはり、頭領《かしら》……誰もいやせんぜ」

と潜めた声がした。

「ならば丁度いい。これで一気に江戸に戻って、そのまま沖へ逃げようじゃねえか」

野太い声が船室内に広がったが、押し入って来てさらに襖《ふすま》を開けると、艫にある湯船の傍らに女の姿を見つけ、さらに船頭がいるのに気づいて、アッと凍りついた。

「なんだ……てっきり船止めからはぐれた屋形船かと思ってたぜ……川の流れに乗って、ふらふら来ていたからよ」

頭領らしき男がズイと前に出た。がっしりした体つきで、刃物のように細い目であることがかろうじて分かる。暗闇でも梟のように光る眼光に、柳吉はたじろいだ。

「あ、あの……」

「しかも女連れで〝湯船〟とは、随分と洒落《しゃれ》てるじゃねえか」

と近づいた頭領の日が、湯船の赤い血に気づいて、凝然《ぎょうぜん》となった。

柳吉は思わず、懐から匕首を抜き払った。

頭領はギラリと睨みつけ、他に四人いる子分たちもすぐさま匕首を突き出した。

「逆らわない方がいいぜ、船頭さんよ。俺たちゃ、泣く子も黙る〝夜鳥《よがらす》の吉左《きちざ》〟様だ」

「えっ……!?」

「この名を聞いたことぐらいはあるだろう。大人しく従った方が身のためだぜ」

ドスのきいた声に、柳吉はぶるっと身を震わせて、匕首を摑んだまま立ち尽くした。

四

「まあ、そんなに驚くことはねえやな」

夜鳥の吉左は不敵な笑みでデンと座ると、子分たちがその周りに立って、

「よう若造……匕首を捨てた方が身のためだぜ。ぽいと川に投げちまいな」

と言いながら、傍らに見つけた重箱を引き寄せて蓋をあけると、俵形《たわらがた》に握った握り飯や煮っ転がし、玉子焼き、漬物などがぎっしりと入っていた。お登勢が用意していたものである。

吉左はそれを摑んで、むしゃむしゃと下品な音を立てて食べながら、

「なかなか美味いじゃねえか……女、おまえが作ったのか」

「――は、はい」

「ふたりだけで、こんな所で何をしてたんだ……もしかして、てめえらも何かやらかして、逃げてる最中か？　その血を見りゃただ事じゃねえと分かる。女……おまえも怪我をしてるようだしな」

「あの……」

柳吉が声をかけると、子分たちが壁になって立ちはだかった。いずれも、盗人《ぬすっと》のような頰被りをしているが、血も涙もない恐ろしい目つきであることだけは分かる。

「ひ、百両ならば、そこにありますから……その奥の手文庫に……ですから、か、勘弁して下さい」

匕首を投げ捨てて、柳吉が哀願すると、子分のひとりが手文庫を確かめた。

「たしかに、それくらいありやすぜ」

「だったら、くれると言うんだから、貰っておけ……おい、おまえらも食え」

もぐもぐとさせながら、吉左が重箱を差し出すと、よほど腹が減っていたのか、子分たちも貪《むさぼ》るように食べた。思い切り、げっぷをした吉左は、

「行く手に御用提灯が見えるだろう。あれはな、俺たちを探してるンだ」

「え……そうなんですか……」

自分の追っ手ではなかったのだと、柳吉は少しばかり安心して、

「だったら、どうぞこの船を使って下さい。どうせ、俺の船じゃありませんし」

「女はどうする」

「この女も……俺とは関わりありやせん」

「なんだと？」

「こいつは、深川の材木問屋『大黒屋』のコレですよ」

と小指を立てて、柳吉は卑屈そうに頭を下げた。

「ちょいと訳あって、こんなハメになりやしたが、俺はもうその辺りで降りますので」

「なんだ、てめえは」

妙な奴だなと吉左が近づくと、柳吉は頭を抱えるようにして縮こまった。

「じゃ、あんたたちは、何処かで盗みでもして逃げてるってことで？　〝夜鳥の吉左〟といえば泣く子も黙る大泥棒。江戸町方や八州廻りはいずれも臍《ほぞ》をかんでるという凄腕の盗人じゃないか」

「だから、なんだ」

「あ、いえ……だったら、『大黒屋』に押し入ればいいですよ。ええ。あそこの蔵には八千両は下らない金がありやす。嘘だと思ったら、入ってみて下さいよ」

「どうして、そんなことを知ってる」

「だって、あの店は俺の親父が作ってやったようなものなんだ。なのに、俺が十両ばかりの金に困っていただけなのに、貸してもくれなかった。へへ、参っちまったよ」

しだいに泣き出しそうな顔になって、柳吉はぺたりと座り込んだ。そして、自分の父親が如何《いか》に親切で、李兵衛が薄情で恥知らずの男であるか、延々と語った。

「おまえ……本当に、新河岸川《しんがしがわ》の『高麗屋』の倅《せがれ》かい……とても、そうは見えないがな……」

「み、見えませんかねえ……」

柳吉が答えると、吉左は何だか知らないがニタリと笑った。そして、

「なるほど、だから人生は面白い。まるで、川の流れの如く、浮かんでは沈み、沈んでは浮かび、浅瀬があれば深みもあるが、どこかで誰かと縁あって、海に流れる」

と吉左は意味深長なことを言いながら、柳吉の肩を叩いた。

「では、おまえも一緒に押し入って、金を奪おうじゃねえか」

「えっ……」

「おまえは顔見知りなんだろう？　手引きをしてくれりゃ、後はこっちが手際よく片づけてやるさ」

「ほ、本当ですか……でも、俺は盗人ってのは、どうも……」

「だったら、ここで死ね。仲間になりゃ、命を助けるどころか、獲物《えもの》は山分けだ」

「山分け……!?」

「ああ。俺たちは親分子分の垣根なしに、盗賊《ぬすみ》仕事はキッチリと分ける。だからこそ、裏切りもなく長続きするんだよ。だが、死なば諸共《もろとも》……気が張って面白いぞ、

盗みってなあ、ぞくぞくするぜ」

「…………」

「よう。親父に不義理をした奴から、たんまり奪い取ってやろうじゃねえか、なあ……誰だっけか」

「り、柳吉です」

「いい名だ。よろしく頼んだぜ」

吉左はぐっと柳吉の手を握り締めた。異様なほど強い力だった。それゆえ、断ることはできなかった。

「では小手調べに、この女を殺せ」

「えっ……」

「おまえだって杢兵衛を殺るつもりで、この〝湯船〟に乗り込んだンだろうが。遠慮することはねえ」

「あ、いえ……盗みも殺しも……なんというか、俺の柄じゃなくて……」

柳吉が曖昧に答えると、握手をしたままの手を離さないで、吉左は続けた。

「嫌なのか」

「いてて……この女の方が……便利に使えるんじゃありませんか……こいつなら、杢兵衛も必ず潜り戸を開けると思いますし……」

「頭を使えってのか」

「ああ、痛い、痛い……！」

必死に手を引っ込めようとする柳吉を、吉左はぐいと押しやって、

「嫌なら、無理にとは言わねえが、足手まといが面倒なだけだ。なあ、富次」

と子分のひとりに声をかけた。富次と呼ばれた男は頷くなり、間髪入れず、

――グサリ。

と、お登勢の心の臓に匕首を突き刺した。ほんのわずかに逃げようとしたが、お登勢は悲鳴をあげる間もなく死んでしまった。また船内に血が流れた。

「こうして、一気に殺ってやると苦しまずに済むんだ。おまえも覚えておけ」

吉左に諭《さと》すように言われて、柳吉はわなわなとその場に崩れた。股間から、小便が情けないくらい洩れてくる。

「汚ねえな、このガキャ」

弥三郎という子分が殴りつけようとすると、吉左が止めて、

「よしな。おまえたちだって、最初《はじめ》はこうだったじゃねえか」

「そりゃ、まあ、へえ……」

「それに俺は、『大黒屋』のように恩知らずじゃねえ。ちゃんと世話になったぶんは、いや、それ以上のことは、きちんと返させて貰うよ。なあ、柳吉さんよ」

さんづけで呼ばれて、柳吉はどう答えてよいか分からなかった。

「俺は、あんたの親父に、随分と世話になったからよ」

「え……ええ……？」

どういう意味か分からないという顔の柳吉に、吉左はもう一度、微笑みかけて、

「まあ、そのうち分かるさ……これもまた川の流れの如く、人生てなあ、はは、分からねえもんだなあ」

と言ったとき、また遠くで葦切が鳴く声が聞こえた。川風に乗って、切なくも聞こえるが、首を絞められて嘆いているようにも感じられた。

五

夜が明けて――。

荒川は尾久河岸近くの葦原の中で屋形船を見つけた鮫島は、〝湯船〟の中に血塗《ちまみ》れでうつ伏せになったまま浮かんでいるお登勢を引き上げていた。

悶絶《もんぜつ》した様子もなく、むしろ安堵《あんど》したような死に顔が救いだったが、胸に突き立ったままの匕首は、あまりにも無惨だった。

「酷えことをしやがる。下手人は、どうでも死罪になりたいようだな」

鮫島がそう言うと、世之助は無念そうに頷いて、

「あっしらがもう少し早く見つけていれば、あるいは……」

「言ってもせんのないことだ。それよりも、一刻も早くトッ捕まえて、獄門にしなきゃなるめえ。でねえと、自棄《やけ》になって、またぞろ別の殺しをするかもしれないからな」

溜息混じりで言ったとき、櫓の音が近づいてきた。見やると、流れに逆らってぐいぐいと猪牙舟を漕いでくる薙左の姿があった。まだ涼しい朝だというのに、全身ぐっしょり汗を掻いている。

猪牙舟には赤い札が数枚、無造作に置かれている。それは、船手奉行所の与力や

同心らに分かるように航跡を知らせる札で、要所要所の船止めの杭や河岸の桟橋、目印の樹木などに掛けておくものである。

「おう。ようやく来たか」

声をかけた鮫島に、薙左は荒い息で、

「私もあちこち探し廻りましたが、ここまで来てましたか……」

「で、下手人は誰か、ハッキリしたんだろうな」

「もちろんです」

薙左は『大黒屋』で李兵衛が話したことを伝えて、柳吉による逆恨みだと話した。

「それで、女もこんな目に……許せねえ。どうでも、お縄にしないとな」

と鮫島は呟いて、しだいに厚くなった雲によって騒ぎはじめた川面を見やった。

「その柳吉の実家が新河岸川にあったのなら、この先に行ったに違いあるまい。尾久河岸で、二艘、ひらた船が盗まれている」

「二艘……」

「少なくとも二手に分かれたということだ」

ひらた船とは、河川や沼沢に利用された底が平らな川船で、色々な用途があったが、主に荷船として使われていた。船主の屋号や船番号などが記されているので、すぐに見つかると思われるが、もし陸路を選んだとすれば、川越街道や中山道の宿場役人に手配りしなければ、それこそ見失ってしまうであろう。

「とにかく、荒川上流の根岸河岸か大根河岸まで追ってみよう。街道じゃ目につくから、船頭ならば尚更《なおさら》、必ず船で逃げるはずだ」

鮫島は、お登勢の亡骸《なきがら》を世之助に託して、薙左と一緒に、直ちに荒川を遡航《そこう》しようとした。だが、薙左は刺殺されたお登勢の亡骸を見て、どこか釈然としないことがあった。

「心の臓を一突きですか……しかも、苦しませずに殺したのは、かなりの手練れだと思いますが、柳吉にこんな芸当ができるでしょうか。私は俄に信じられません」

「たしかに見事な一撃だが、柳吉もそういう手合いだったのじゃねえか？」

「だとしたら、なぜ杢兵衛も一撃で仕留められなかったのでしょう」

「たしかにな……」

「杢兵衛の話では、柳吉は誤ってお登勢を傷つけたそうです……死体の固くなった具合から見て、およそ二時《ふたとき》でしょうか。逃げた後、船で連れ歩いた挙げ句に殺したってのはどうも……」

腑に落ちないと薙左は言った。そして、屋形船の室内外に、沢山の泥だらけの足跡が残っているのを見ながら、

「サメさん……あなたなら、これに……」

「むろん、気づいていたさ。もしかしたら、仲間がいるかも、とな」

「仲間……」

「うむ。手文庫は空だし、飯を食い散らかした痕もある……だからこそ、この船で落ち合って、取るものを取って逃げたのかもしれねえな」

足跡を克明に見ていた世之助は、

「これは、ひとりやふたりのものじゃない……おそらく、五、六人はいたようですぜ」

「だとしたら、なんだ……ただの仲間じゃねえってのか……」

鮫島は腕組みをして考えていたが、ハッと閃《ひらめ》くものがあった。

「もしや……」

「なんです、サメさん」

薙左が身を乗り出すと、鮫島は自分だけが得心したように頷きながら、

「ひょっとしたら、ひょっとするな……」

「一体、どういうことです」

「川越街道筋には、〝夜鳥の吉左〟って盗人がいて、昨夜も追われていたようだ。ひょっとして、そいつらの仲間かもしれねえ」

「な、仲間⁉　柳吉がですか」

「はっきりとは分からねえ。だが……もしかしたら……」

鮫島はなぜかまた、遠い昔に逃した三度笠を思い出していた。自分の手で始末できなかった悪人が、どこか他で悪さを働いていると考えると、心の中がくさくさすると同時に、懺悔《ざんげ》の気持ちになるのだ。

「――夜鳥の吉左……この名は、その昔、俺が追いかけて逃した奴と同じ名なのだ」

「！………」

「まさか、そいつが盗人稼業に足を入れたとは思えないが……近頃の渡世人は、義理も人情もあったものじゃねえ……盗みを働けば、親分から破門にされる。その渡

世では生きていくことができねえ」

「だからこそ盗賊になるのでは?」

「かもしれねえな……」

「ということは、柳吉も殺されたのでは……李兵衛の話からしても、仲間というのは、どうも考えにくいのですが」

薙左は唸ってから、思い出したように、

「そういや、加治さんが、『大黒屋』は前々から目をつけていて、『白河夜船』と関わりあるのでは、なんて言ってました」

「白河夜船、だと!?」

鮫島の目の色も変わった。どうやら、薙左の知らないことがあるようだ。世之助も緊張の顔色になった。「白河夜船」とは、すっかり眠っていて、何も知らないという意味だが、薙左自身がそんな気になってしまった。

「サメさん。俺もその故事のように、あさってのことを答えるかもしれませんが、一体、それは何なんです。盗賊の名ですか」

「そのとおりだ。俺もはっきり知らないが、その昔、一晩で江戸から川越まで船を走らせる盗賊一味がいた。川船衆の仕業《しわざ》に違いないのだが、証拠を残さないから、八州廻りも火盗改《かとうあらため》も手の出しようがなかったんだ」

　不思議そうな目で鮫島を見やった薙左は、身を乗り出して、

「ちょっと待って下さい、サメさん……今度の事件は、『大黒屋』が不義理をしたがために、逆恨みで柳吉に命を狙われただけのことじゃないのですか」

「——俺にも分からぬ」

「サメさん……」

「だが、もしカジ助さんが、何か〝下心〟があるとしたら、今度こそケリをつけたいんじゃないかな」

「ケリを……」

「ああ。船手奉行所が何度追っても、決して捕まえることができなかった関東で一番の盗賊が『白河夜船』……そして、その配下には無数の盗人一味がいて、〝夜鳥の吉左〟ってのもいるはずだ」

　船を使って逃げる盗賊一味は、網の目のように張り巡らされた関東の川という川を通って逃げるから、まさに足跡も水に流して、何ひとつ形跡を残さなかった。

『むう……こいつは、偉いことになってきたぞ。もし『大黒屋』が、そいつら盗人一味と関わりがあるとしたら……』

しらばく唸りながら考えていた鮫島は、

「薙左……おまえは、この荒川を上って、何でもいいから、柳吉の行方を探せ」

「で、サメさんは……」

「俺は江戸に戻って、『大黒屋』からもう一度、調べ直す。これは……俺の不始末をきちんと詫びるための事件になるやもしれぬ」

並々ならぬ決意の鮫島を見て、薙左も意気に感じるしかなかった。

「ですが、サメさん。私は川越には行きません」

「ん?」

「柳吉はそっちではなく、違う方へ行っている気がするのです」

「違う方?」

「はい……この尾久河岸に屋形船を捨てて乗り換えたとしたら、これは見せかけで、またぞろ隅田川に戻ったのではないでしょうか。あるいは、違う水路を通って、三《み》郷《さと》から手賀沼《てがぬま》に抜け、そこから利根川に出て佐原《さわら》の方に逃げることも考えられます」

「なぜ、そう思う」

「荒川のこの先は厚い雲です。雨が降って水量も増えて、流れが速くなる。漕いで逃げるには難しい。しかし、反対ならば……」

「なるほど。それも一理ある」

「それに、盗賊一味が逃げるとなると、色々な河岸に仲間がいるはずです。そいつらをあぶり出すのも船手の仕事では？」

「好きにしろ。ただし、赤札を忘れるなよ。後で、追いつかねばならぬからな」

鮫島は諭すように言うと、薙左は毅然と頷き返した。

ひゅるひゅると川風がますます勢いを増して、雲も一段と黒くなってきた。

六

材木問屋『大黒屋』はいつものように商いをしており、出入りの商人や職人、仲買人などで賑わっていた。李兵衛はすっかり〝湯船〟での災難を忘れたかのように、愛想笑いで仕事をしていた。

そんな姿を、少し離れた茶店の表から、縁台に座った富次と弥三郎が見ていた。行商人に変装しているせいか、誰も疑っていないが、その前に、ひょっこりと、おかよが近づいてきた。

おかよとは、町年寄奈良屋《ならや》の娘で、近頃、薙左になんやかやと理由をつけて近づき、事件の手伝いをしようとする〝おきゃん〟娘だった。まだ箸が転がっても笑う年頃だから、恐さ知らずでもあった。

いつぞや、幕府の御用で大事件があったときに、薙左とともに若年寄をやりこめたことがあった。それ以来、おかよは、

——この人を旦那様に決めた。

と迫っているのだが、薙左の方はなんだか苦手らしく、避けてばかりであった。

「はい、どうぞ」

茶と団子を差し出された富次と弥三郎は、おかよを振り向いて、

「頼んでねえぜ」

「いいんですよ。だって、お兄さん方、さっきからずっと座って、あっちの方ばか

り見ているから」

　おかよは『大黒屋』を指さして、

「喉が渇いたと思いましてね」

「あ、そういうわけじゃねえが……今日はもう仕事を終えたのでね、ゆっくりと休んでたんだよ、なあ」

　富次が弥三郎に同意を求めると、すぐに頷き返して、

「おねえさん、若いのに気がきくね。じゃ、遠慮無く戴《いただ》きますよ」

　と茶をすすった。

「ねえねえ。何かあるのですか？　『大黒屋』さん、〝湯船〟で誰かに襲われたって聞いたけれど、大丈夫かしら」

「そうなんですか？　私たちは何も存じ上げませんが……」

　団子を手にした富次は、素知らぬ顔で首を傾げた。

　そのとき、鮫島が『大黒屋』の表に立った。

「あら、サメさん……」

　やはり何かあるのねと、おかよは楽しそうに微笑んだ。

「おねえさん……あの人を知ってるんですかい？」

「ええ、ちょっと」

おかよは兎《うさぎ》のように跳ねながら、鮫島に近づいていった。

途端、弥三郎の目が尖った。

「――兄貴……」

「ああ。奴は船手奉行所の鮫島だ……吉左親分を追ってたというあの……」

「幸い俺たちは、顔を知られちゃいねえ。ちょいと探りを」

「気をつけろよ。奴は、船手一の切れ者だ。ちょっとでも勘づかれたら仕事はできねえどころか……」

「分かってますよ。ヘマはしやせんよ」

弥三郎は小さく頷くと、さりげなく『大黒屋』に近づいた。

鮫島は杢兵衛に声をかけて、奥座敷に通せと命じた。ぞんざいな言い草に、杢兵衛は一瞬、腹が立ったようだが、船手奉行所同心と分かれば無下に追い返すわけにはいかない。仕方なく奥へ連れていった杢兵衛は、

「私を狙った奴は見つかったんでしょうかねえ」

と嫌みたっぷりな言い草で座った。

「柳吉のことかい」

「でなければ、誰でしょう……まったく、町方の旦那が噂しているとおり、船手の方々は、探索がぬるいんじゃありませんかねえ」

「――それより、お登勢のことが心配じゃないのかい」

「そりゃ、もちろん。で……」

「死んだよ。心の臓を一突きでグサリだ」

さすがに李兵衛は驚きのあまり声が出なかったが、最悪のことは承知していたから、悲嘆に暮れることはなかった。

「可哀想にな……何の罪もないのに、おまえと〝湯船〟に乗ったばかりに」

李兵衛は凝然と鮫島を見つめたまま、口をもごもごさせていた。

「妙な塩梅《あんばい》になったな。何かが一挙に崩れてる。そうは思わねえかい」

「崩れてる？」

何を言い出すのだと、李兵衛は鮫島の顔をまじまじと見た。

「そうじゃねえか。おまえへの逆恨みから、妾が死んだんだ……これは何かの因果応報ってやつじゃねえか」

「ちょ、ちょっと待って下さいな」

　杢兵衛は喉に詰まりそうな声で手をかざしながら、

「まるで私が何か悪さをしたような言い草ではありませぬか」

「そうだよ」

「な、なんなんですかッ。こっちは御用だというから、商いをほっぽってまで、おつき合いしているのです。いい加減にして下さい」

「まるで他人事だな」

「………」

「お登勢が死んだんだぜ。殺した奴が憎くねえのか」

「え……柳吉じゃないのですか、旦那」

「もしかしたら、別の奴かもしれねえ。それが誰かは分からぬが、もしかすると、おまえが知ってるかもしれぬと思ってな」

　鮫島は何かを燻《いぶ》り出すような強引な訊き方をしたが、杢兵衛はがっくりと背中を丸めて、さめざめと涙声になって、

「もう懲《こ》り懲《ご》りだ……なんで私がこんな目に遭わなきゃいけないんだ……一体、私が何をしたというんだ……」

「心当たりはねえんだな」

「あるわけがないでしょう！　もうほっといて下さい！　いい加減にして下さい！」

「――そうかい……なら何もしねえよ。てめえが蒔いた種だと諦めるンだな」

投げ出すように言った鮫島は、すぐさま出ていった。それを後ろから追いかけてきて見ていたおかよは、杢兵衛に頭を下げて、

「大丈夫ですよ、ご主人さん。リメさんはああいう人だけど、本当はきちんとしている人だから、安心して」

「これは、これは奈良屋の……」

困惑したように正座をした杢兵衛は、深々と頭を下げた。町年寄といえば、町奉行直属の官吏も同然で、町政を任されている町人の頂点に立つ人である。一商人にしてみれば、雲の上のような存在だ。その娘を見知っていた杢兵衛は、

「おかよさんからも、どうかどうか……善処して下さるよう、お奉行様に頼んで下

さい。でないと、枕を高くして眠れません」

と哀願するように言った。

そんな様子を、裏庭の植え込みから弥三郎はじっと見ていたが、含み笑いをするとすぐさま踵《きびす》を返して、元の茶屋に戻った。茶を飲みながら待っていた富次に、

「どうやら、船手はあの屋形船を見つけて、柳吉の行方を追ってるようだが、俺たちのことには気づいていないようですぜ」

「そうかい」

「ただ……『大黒屋』の主人・李兵衛には何か裏があるようで、鮫島って船手同心も、自分が蒔いた種だとか何だとか、意味深長なことを吐いてやした」

「李兵衛の裏……なんだい、そりゃ」

「分かりやせん。ですが、こうして船手がうろついてるとなると、ここを狙うのはヤバいんじゃありやせんかね」

「それは俺たちが決めることじゃねえ」

「頭領にもそう伝えますが、なんだか嫌な予感がするんですよ」

「ふん……吹きやがったな、おまえの臆病風《おくびょうかぜ》が」

冷めた茶を飲み干して、富次はニンマリと笑って、表通りを去っていく鮫島の後ろ姿をじっと見送っていた。

七

その夜、真夜中の九つ（午前零時頃）。黒装束の一団が、『大黒屋』の表に立った。お互い頷き合うと、二手に分かれて、路地に入り込む。手際よく縄ばしごを掛けて屋敷内に入り込み、まるで猫のような素早いが音も立てぬ足取りで、土蔵の前に集まった。

ひとりだけが屋根の上に猿《ましら》のようによじ登り、見張り番として目を凝らしている。それは、弥三郎だった。

鍵をこじ開けているのは、富次である。慣れた手つきで、五寸釘《くぎ》や錐《きり》のような道具を幾つか組み合わせて、錠前を開けるのにさほど手間は取らなかった。

――ガチリ。

小さな音がすると、施錠を外して、蔵をゆっくりと開けた。

その中には、千両箱が山のように積み重なっている。千両箱ひとつでも、子供程の重さがある。この人数では、すべてを持って逃げられそうにない。

だが、弥三郎は土蔵の天井の上に滑車をしかけ、それを材木の切り出しに使う吊り車のようにして、近くの掘割に停泊してあるひらた船まで、滑らせて送る仕掛けを組み立てた。これも手慣れた手つきである。

土蔵から運び出す千両箱を、滑車に繋いだ網袋に入れて一旦、蔵の屋根に引き上げ、それを吊り車に移して船に移動させるのである。これまた流れ作業のように手際よく、たった五人の力で、あっという間に千両箱を船に積み込んだ。

用が済めば、長居は無用である。素早く逃げ去ろうとした。

そのときである。

母屋《おもや》と離れに繋がる渡り廊下に、ぼんやりと蠟燭《ろうそく》灯りがともった。

「あっ！　泥棒！　この泥棒！」

物音に気づいて起きてきたのであろうか、叫んだのは杢兵衛だった。その後ろから、女房のおくにも恐る恐る顔を出した。

「盗むものは盗んだ。急げ」

と吉左が声をかけると、富次たち子分は身軽に蔵の屋根までスルスルと綱を伝わって登り、そして忍びのように綱に足を絡めて、勢いよく掘割の船まで滑り降りた。あまりにも鮮やかな曲芸に、杢兵衛は狼狽しながらも、「待てえ！」と必死に吉左に取りすがろうとした。

その杢兵衛の腹を蹴り上げて、吉左は野太い声で、

「蔵の金は、てめえが稼いだものじゃねえ。俺たちの親分が命懸けで盗んだものだ」

「！………」

「返して貰うだけだ。文句はあるめえ」

「ば、馬鹿なことを言うな。何者なんだ、おまえたちはッ」

「――柳吉坊ちゃんに会いましてね」

「柳吉坊ちゃん？」

「因果は巡る糸車……坊ちゃんの代わりに引導を渡しにきたんだよ。無一文になったところで、今の『大黒屋』ならば、容易に立て直すことができようってもんだ」

「………」

「まあ、せいぜい、首を吊らないように気をつけるんだな」

「まさか、おまえは……」

怯《おび》えるような声で問いかけた杢兵衛に、吉左は頬被りを外して、

「この顔、覚えちゃいねえかい。お互い歳を取ったが、『高麗屋』から受けた恩を忘れちゃいけねえなあ」

「!?――――」

杢兵衛は腰が抜けたように、その場に崩れてしまった。

「命を取られないだけ、儲《もう》けもんだと思うンだな」

言い捨てて縄ばしごに手をかけたときである。スパッと切れて、吉左はすってんころりんと尻餅をついた。土蔵の屋根に繋がる縄ばしごを、何者かが切ったのだ。

「な、なんだ!?」

振り向くと、そこには鮫島が立っていた。白綸子《りんず》に白袴、襷《たすき》がけで悠然と刀を抜き払うと、じりじりと近づきながら、

「こっちも随分と探したよ……いや、それは違うか。屋形船を見つけるまでは、おまえのことなんざ忘れていた……夜鳥の吉左」

「――鮫島……どうして、ここに……」

「まさか、本当に踏み込んでくるとは思わなかったぜ。茶店でてめえの子分たちが張ってたのは承知していた。黙って泳がせれば、柳吉の居所が分かると思ったのだがな」

「………」

「何年ぶりかなあ……じっくり、朱門で吐いて貰おうか」

朱門とは船手奉行所のことである。

「ふざけるなッ」

「悪足掻《わるあが》きはよせ。子分たちも、ひらた船で捕方や船手仲間に捕らえられてるよ。しかも、千両箱はぜんぶ石ころだ」

「なんだと!?」

「盗む前に調べなかったのが失敗だな……茶店の女……ありゃ、俺たちの仲間みたいなものでな。前もって、入れ替えてたんだ。さあ、観念しやがれ！」

「うるせえ。捕まってたまるか……捕まって……！」

吉左は匕首を抜き払うと、鋭く鮫島に突きかかった。が、既に抜刀していた鮫島は籠手《こて》に打ち込み、手首を切り落とした。

うぎゃっと叫び声をあげて、吉左はその場に膝から崩れて、転がり廻った。

「利《き》き手がなきゃ、盗みもできめえ。もっとも、その前に小塚原《こづかっぱら》に首を晒されるがな」

悲鳴をあげて怨めしげな目で見上げる吉左を、鮫島は鋭く見下ろして、

「これもまた、因果は巡るってことだ……川の流れが止まることのないようにな」

船手奉行所に連れて来られた吉左とその子分たちは、すっかり観念したのか、無言のまま大人しく白洲に座っていた。

戸田はいつになく苛ついた様子で、何度も扇子を開いたり閉じたりしていた。加治と鮫島も臨席して、様子を窺《うかが》っていた。

お白洲の片隅には、杢兵衛とおくにもいる。ふたりとも兢々《きょうきょう》とした顔で、尻をむずむずと動かしていた。戸田はふたりを見下ろして、

「面倒をかけるが、おまえたちにも立ち会って貰わねば、本当のことが分からぬのでな。済まぬが、杢兵衛、昔の話も聞かせて貰うかもしれねえよ」

少し伝法な口調の戸田に、杢兵衛は恐縮したように目を落とした。

「さて、夜鳥の吉左。おまえは、たまさか柳吉と出会って、『大黒屋』を襲うことを思いついたそうだが、これまで『大黒屋』を狙わなかったのはどうしてだ」

「は……？」

「おまえが『白河夜船』支配下の盗賊だったのならば、『大黒屋』が、『高麗屋』久米蔵と関わりがあるということを知っていたはずだ。違うか」

「………」

「だからこそ、襲わなかった。おまえだけではない。『大黒屋』は誰からも狙われることはなかった。久米蔵の息がかかっていることを知っていたからだ」

戸田が断じると、杢兵衛の方が身を乗り出して、

「な、何の話でしょうか、お奉行様」

「今更、惚けても仕方があるまい、杢兵衛。おまえが、久米蔵に自害しようとしたところを助けられたのは本当であろう」

「………」

「しかし、その代わり、江戸での〝泥棒宿〟を引き受けるよう頼まれた。店を潰す

わけにはいかぬおまえは、取り引きをした。そうであろう」

泥棒宿とは、盗人を一時的に匿っておく所である。御用達商人が密かに、その役目を担っていることすらあった。

「どうなのだ、杢兵衛……そのことで、おまえを断罪するつもりはない。もはや、久米蔵はこの世におらぬ。つまりは、『白河夜船』はいないのだが、その名を騙《かた》って、商家などに押し入って脅しをかける輩もいる」

「さあ、私には何のことだか……」

「――あくまでも白を切る気か、杢兵衛」

「本当に何も……」

強引に遮《さえぎ》った戸田は、険しい目になって続けた。

「そこな〝夜鳥の吉左〟が盗みに入って、久米蔵から盗んだ金を取り返したと言ったのは、おまえが泥棒宿を請け負ったのをよいことに、散々、盗んだ金を懐《ふところ》にしていたからではないのか」

「………」

「誰がどれだけ盗んで来たか、久米蔵も一々、把握していなかったのであろう。だから、それをおまえは商いに充《あ》てた。まあ、少々のことなら、久米蔵は大目に見ていたのかもしれぬが、たまさか久米蔵が八州廻りから睨まれ、追われることとなった」

「…………」

「だが、おまえは久米蔵を匿うどころか、追い返した……であろう？　もし、久米蔵がお上に捕らえられれば、杢兵衛、おまえとの仲をバラすかもしれない。万が一、そんなことがあっても、白を切れば済む話。裏渡世からは裏切り者扱いをされるかもしれないが、それほど危ない橋を渡ってでも、おまえは大金を手に入れ、その金にモノを言わせて、今度は、お上の老中や若年寄に近づいて、公儀御用達商人となった」

戸田は独得の嗄《しゃが》れ声で、浄瑠璃《じょうるり》でも唸るように続けた。

「当然、泥棒宿からは足を洗い、まっとうな商いをするようになった。久米蔵も、表の顔は、材木を扱う船主だ。その表の稼業が左前になって、莫大な借金ができれば、おまえを頼るのは当たり前であろう。だが、それすらも、おまえは突っぱねた」

「はて……」

頑《かたく》なに惚けようとした杢兵衛に、

「ふざけるな、この騙りやろうが！　ぶっ殺すぞ！」

と思わず吉左が怒鳴りつけた。

あまりにもドスのきいた声に、杢兵衛はぎくりとなった。だが、戸田も吉左の暴言を止めようとはしなかった。

「船手の旦那には、しょぼい金の無心と伝えたそうだが、そうじゃねえ。おまえは、すっ惚けて久米蔵さんを追い返し、その上で……誰かに金で命じて、殺させた。毒を盛ってな……行き倒れ同然に医者に運ばれたが遅かった……それで、久米蔵さんが『白河夜船』の頭領だってことも、闇から闇……おまえひとりが得をしたンだ」

「…………」

「その話を柳吉が聞いたときには驚いたらしいぜ。こちとら、渡世人からさらに身を持ち崩し、盗人稼業に足を踏み込んだときに、一から十まで世話をしてくれたのが久米蔵さんだ。むろん、逃げる舟まで手配りしてくれた」

杢兵衛は目を閉じて聞いている。

「おまえは、大したタマだよ。天下の大泥棒の親分を手玉に取り、裏切ったのだからな。首をくくり損なったから、恐いものなしだったのか、エエ！」

吉左がさらに怒鳴りつけると、おくにが堰《せき》を切ったように泣き出した。

「し、知りませんでした……まさか、主人がそんな……ああ……私は一体……誰と何十年も暮らしていたのでしょうか……」

「——ほれ、みろ、杢兵衛」

と戸田が声をかけた。

「お内儀までが苦しんでるじゃねえか。いい加減、正直に申すのだな。最後の最後くれえ、本当のことを語ったらどうだい」

「いえ、私は……何も知りません……誰の話をしているのですか……久米蔵さんは、たしかに命の恩人だ……でも、盗賊だの何だの、私は一切、知りません。お奉行様、こんな盗人の言い分なんぞ、信じないで下さい。蔵の金はすべて私の金です。誰かが盗んだ金だなんて、冗談じゃありません。何十年も汗水流して働いて貯《た》めた、私のお金ですッ」

梃子《てこ》でも動かない様子で、頑として言い張る杢兵衛を、戸田は厄介な奴だと溜息をつきながら見下ろした。加治と鮫島もまた同じように、舌打ちをして睨みつけた。

八

いつもは美しい青々とした川面が、激しい土砂降りが続いたせいか、泥色となって怒濤《どとう》となって流れている。

薙左は我孫子《あびこ》の手賀沼から利根川に入り、牛堀《うしぼり》、上戸という利根川と霞ヶ浦を結ぶ水路を抜けて、柳吉が逃げたであろう道筋を辿っていた。

出鱈目に追いかけているわけではない。川には幾つかの関所がある。関所といっても道中手形が必要な正式なものではなく、一度に川船が増えて運航が滞ることを避けるための、いわば待機所である。

天領や藩によっては〝役金〟を取られることもある。これらは船元や荷元が営業の極印《ごくいん》を受けて払うものだから、臨時の通行税というところか。だが、柳吉はどうやって抜けたのか、何処も巧みに通っていた。

——おそらく、盗賊一味を助ける仲間。

が川筋にいるに違いない。もし、鮫島がちらりと薙左に話したとおり、柳吉が『白河夜船』という関東一円の盗賊を束ねていた頭領と関わりがあるとすれば、身を匿うくらいは簡単なことであろう。

むろん薙左には、天下御免の通行証がある。船手奉行は江戸やその周辺に留まらず、全国津々浦々に出向いても、その地の役人は通さねばならぬことになっているのである。幕府の巡見使並みの扱いであった。

霞ヶ浦はまさに海であった。

白波が湖の一面を泡立てており、何百もの帆が波間に浮かんで、はためいていた。この船の数の多さや様々な種類に及ぶ壮観な眺めは、江戸湊と変わることはなかった。

「――霞ヶ浦四十八津《しん》、北浦三十三津というが、凄い数の河岸があるのが分かるような気がする」

櫓を漕いでいた掌には、肉刺《まめ》がぷっくりと膨らんでいる。腕も足腰もパンパンである。それでも、柳吉を捕らえなければならないのは、『白河夜船』一党に関わる者たちを一掃するがためである。

もっとも、それで盗人がひとりもいなくなるわけではない。しかし、盗人を匿う〝組織〟がなくなれば、盗賊らも跳梁跋扈《ちょうりょうばっこ》できなくなるはずだ。泥棒宿と同じように、川筋や海や湖の湊にも、隠れ家がある。それらを見つけて潰すことが、少しでも悪を減らすことになるのだ。薙左はその思いだけであった。

水戸領内の涸沼《ひぬま》は、陸奥《みちのく》から江戸に物資を運ぶための重要な所で、霞ヶ浦とは陸路で続いている。かつて、運河を造る話もあったが、失敗している。だが、それゆえ、盗賊にとってはよい塩梅で、陸路と水路を入り混じらせて逃亡することができた。

できるならば、霞ヶ関の中で捕らえたいという思いが薙左にはあったが、果てしなく広がる水面を眺めていて、思わず漕ぐ手が止まってしまった。

――このまま徒労に終わるのか……。

そう思ったときである。

「船手の旦那かい？　怪しい船なら、向こうへ行ったぜ」

声をかけてきた漁師がいた。こやつも盗賊の仲間かもしれぬと薙左は警戒したが、そうではなく、船手奉行所に繋がりのある男だった。いわば河川や海の岡っ引役をしている。そういう男や女が何人もいて、ここへ来るまででも、手助けをしてくれた。

「おそらく土浦河岸だと思いやす。そこには、俺たちの仲間もいやす……中城町は船問屋の勝蔵さんといえば、誰でも知っていると思います」

漁師を信じて、土浦河岸に漕ぎ出した薙左の目には、まるで堺《さかい》の湊にでも来たかと思うような賑わいが飛び込んできた。遥か遠くに土浦の城が見える。

丁度、桜川の河口にある城下町は、真壁《まかべ》や筑波《つくば》などから物資が集まってくる所であった。米穀や材木、薪《まき》や炭、煙草《たばこ》や醤油、木綿、さらには堆肥《たいひ》などもある。湊の周辺には問屋や土蔵がずらりと並び、大勢の商人や人足の声が飛び交って、賑やかであった。

「こりゃ、凄いや……江戸から、こんな近くに、これだけ繁華な湊があるとは……まさに百聞は一見に如《し》かずだな」

土浦には、中城町の他に東崎町にも、船主や船持が沢山いて、鎬《しのぎ》を削るように廻漕業を営んでいる。江戸に出た船は、その帰り船で、流行りの小間物や着物、良質な上方の酒や塩、あるいは松前から届いた俵物などを持ち帰っていた。まさに江戸湊と河川によって繋がっていたのだ。

もちろん沼沢地はひとつの〝自治区〟を営んでいるも同然で、霞ヶ浦一帯がひとつの共同体として、人々の暮らしのみならず、風土や伝統も培っていた。ゆえに、醬油の醸造が盛んだった銚子や佐原など遠くからも、土浦の穀物問屋から、上等な大豆などを仕入れていたという。

河岸に上がった薙左は、さっそく柳吉の手がかりを探すべく、船主の勝蔵という者にあたろうとした。湊町の者たちに聞いて、あちこち訪ねていくと、少し外れた所に迷い込んだ。

幅三間くらいの堀があって、丸太を重ねただけのような木橋を渡ると、今までの湊の賑わいとは少し違った、暗澹《あんたん》たる集落だった。陽光が射しているはずなのに、長屋の屋根と屋根に茅《かや》を掛けており、日射しを遮っていた。そのために鬱蒼としていて、いかにも余所者を排除する雰囲気が漂っていた。

長屋の入口には、いかにも怪しげな遊び人風の者たちがたむろしていて、丁半賭《と》博《ばく》だの花札賭博をしており、酒と小便の臭いが立ち込めていた。

——どこにでも、こんな所はあるものだな……。

　まっとうに働こうとはせず、むしろ真面目に生きる者たちを嘲笑《あざわら》うかのような態度で、乱暴を働く輩である。危害を加えないならまだしも、少しばかり気にくわないことがあると、因縁《いんねん》をつけて平気で人を傷つける。薙左はそういう連中を許すことができなかった。

　湊町には遊女屋がつきものである。潮来《いたこ》には仙台藩の蔵もあって、仙台河岸と呼ばれる所には遊郭もあるという。この土浦も同様で、隠れた〝悪所《あくしょ》〟があった。

　――この界隈《かいわい》もそうかもしれぬ。

　薙左があたりを窺っていると、遣《や》り手婆《てばば》アが近づいてきて、

「兄さん。見慣れぬ顔だね。どんな娘を探してるンだい」

　と声をかけてきた。

「俺は江戸から来た、船手奉行所の者だ」

「船手……」

「探しているのは遊女じゃなくて、柳吉という若い男なのだがな。実は俺も顔は知らないのだが、心当たりはないかい」

「なんだよ、兄さん。男が好きなら、桜川の向こうに陰間《かげま》茶屋があるよ。客も取っ

てるから、そっちへ行くがいいさね」

「そうではない。柳吉という……ああ、そうだ。船主の勝蔵さんを知ってるかい。湊で探したのだが、そういう人はいないと……」

と薙左が言いかけたとき、遣り手婆アの目の色が変わった。そして、後ずさりするように、遊女屋の戸口まで下がると、入れ替わりに、ならず者風の男が数人、ニヤニヤしながら近づいてきた。

「勝蔵さんてなあ、中城町の勝蔵さんのことかね。お屋敷は小岩田にあるが」

兄貴格の者が訊いてきたのへ、薙左は答えた。

「たしか、中城町の船主だと聞いたが」

「ああ、立派な船主さね……船主っても、そんじょそこらの船主じゃあねえ」

「え？　どういうことだい」

「千石船、いや……勝蔵様なら、万石船かなあ……ふひひ」

不気味に笑うならず者たちは、物珍しそうに薙左に近づいて、汗ばんだ臭いをぷんぷんさせながら、

「勝蔵さんに何の用だい」

「――柳吉という男を探している。こいつは、人を殺したかもしれぬ。しかも、『白河夜船』という盗人一味と関わりがあるかもしれないのだ」

「関わりあるどころじゃあんめえ」

「ん……？」

「柳吉様は立派な、跡取りだべさ。おめえ……船手の者と言ったが、それも知らないのか……もしかして、もぐりじゃねえのか」

「違う、俺は……」

薙左が通行手形を見せようと、懐に手を入れたとき、その手を押さえ込むように、男たちが一斉に飛びかかってきた。だが、薙左も寸前、危難を察して、ひらりとかわしながら、関口流柔術でポンポンと小気味よく、相手を投げ飛ばした。

さらに相手は匕首や長脇差《ながどす》を抜き払って、薙左に斬りかかってきたが、薙左も抜刀して峰に返すと、相手に怪我をさせぬよう次々と打ち払った。

そのとき――。

「なかなか、やるではないか、若造」

と背後から声がした。

振り返った途端、薙左のドテッ腹に長槍が突き出てきて、ぐさりと突き刺さった。かにみえたが、わずかに体を躱《かわ》して、脇腹を掠めただけであった。あまりの痛みに、刀を落としてしまった。

次の瞬間、長屋の屋根にかかっていた茅がドサッと落ちてきて、薙左の体に投網のように絡みついた。

「うわッ――!?」

身動きできなくなった薙左に、ならず者たちは仕返しとばかりに、ぼかすか殴る蹴るをはじめた。薙左は地面に伏せて頑張っていたが、全身の激痛に意識が遠くなってきた。

ふと見上げると、槍を突き出してきていた髭面の男を見上げて、

――おや……?

と首を傾げた。

――何処かで見たことがある。

薙左は思ったが、ガツンと頭に一撃をくらって、そのまま気を失った。

髭面の男は表情を変えずに、

「簀巻きにして、魚の餌にしてやれ」

と冷酷に言った。

ならず者たちは、嬉《うれ》しそうに大声で返事をして、薙左を茅ごと抱え上げると、えっさほっさと裏手にある船着場に向かって駆けていった。

そんな様子を、近くの遊女屋の二階から、煙管を吹かしながら、なかなかの美形の女郎が見下ろしていた。

ふうっ——。

噴き出した煙が、霞ヶ浦からの風に消されて、苦い臭いだけが部屋に残った。

ざわざわと帆が風に揺れる音だけが、鳴り響いていた。

第四話　海賊ヶ浦

一

大型船の関船《せきぶね》は細長くて帆足が速い軍船、弁才船は横幅が広い荷船であるが、一本水押《みよし》、三階造りという構造も同じで、総矢倉も似ていた。これは、イザとなれば、商用でも軍用に使えるようにしていたからである。

しかも、帆走と櫓走が兼用であるのは、江戸湾に限らず、諸国の湾内は入り組んでいる所が多いゆえだった。

もっとも、五百石積より大きな船を建造することは、幕府に禁じられている。小型化されたことで、水主なども少なくなり、艫矢倉にある轆轤《ろくろ》によって、帆や荷物、碇《いかり》の上げ下げができる仕掛けがあるから、ますます〝乗組員〟が減る。そのため、海賊船に狙われることになった。樽《たる》廻船、菱垣《ひがき》廻船は元より、近海を走る北国船《ほっこくぶね》、伊勢船《いせぶね》なども攻撃の的になることが多かった。

浦賀奉行所のある湊から、半里程離れた〝灯明台《とうみょうだい》の鼻〟という所には、見張りの船が常駐していて、江戸湾に出入りする船舶を監視しているが、まさに時化《しけ》気味の逢魔《おうま》が時《とき》には、時折、何艘もの小型船が現れて、荷船に乗り込み、場合によっては船ごと奪い取ることがあった。

浦賀水道が細くなっている富津《ふっつ》岬の辺りが最も危険で、襲った海賊はときに木更津の方に逃げ、逆に館山から太平洋を勝浦の方に消える。また風向きによっては伊豆の方へ退散するので、まさに神出鬼没。捉えようのない海賊の集団だった。

ゆえに、その海域を誰ともなく〝海賊ヶ浦〟と呼んでいるのだが、近年とみに増えて、まだ誰ひとりとして捕縛されていない。

中には、押し入った商船の荷物だけではなく、水夫の命を奪ったことがある。よって夜間に通ることは禁じているものの、どうしても通らねばならぬこともあり、また沖合に行ってしまえば、船手奉行所はもとより、幕府船手組や各沿岸の藩による警戒も無駄に終わることが多かった。

この日は――。

風が強くて、うねりも大きく、まるで巨大な黒い海面が盛り上がっているようだった。廻船『大灘丸《おおなだまる》』は激しく揺れて、灯明台の鼻を過ぎると少しばかりうねりが収まったものの、船体は徐々に海賊ヶ浦の方に向かって流れた。

江戸湾内は帆柱を畳んで航行しなくてはならない。当然、速さも落ちる。櫓漕ぎに変えつつ、風でわずかに傾いた船体を直しながら、水主たちは舳先を江戸へと向けた。

幾重にも揺れている白波の遥か向こうには、いつもならば江戸の町が見え、振り向けば富士の高嶺《たかね》も見上げることができるのだが、どす黒い雨雲が広がって、海面はまるで地獄に引き込まれるように暗かった。

そのとき、ガガッと不気味な音がして、座礁をしたように舳先が上を向き、船体がさらに傾いた。

「取《と》り舵《かじ》一杯！　取り舵一杯！」

船長《ふなおさ》の弥五郎は大声を張り上げた。水主頭がそれを櫓漕ぎ方に伝え、右舷《うげん》の者たちだけが懸命に漕ぎはじめた。船首はわずかに曲がって、座礁した感触からは離れたが、すぐにまた奇天烈《きてれつ》な音がして、舳先が何か大きな岩にでもぶつかったような衝撃を受けた。

水主頭が舳先に駆け寄り、松明を照らして辺りを眺めると、船の周りには無数の筏が流れてきており、取り囲まれた形になっている。

「や、やられた……！」

水主頭はその筏の群れの中に、小さな漁船が数艘あるのを見た。おそらく海賊であろう。船首は太い一本の水押が突き出ており、船尾は幅広の戸立《とだて》造り、流れるような外艫《そとども》は吃水《きっすい》が低くなっているので、海賊らが侵入しやすくなっている。

そんな矢先、舳先や船尾に幾つもの鉤縄がビュンビュンと恐いほどの音を立てて飛来した。それらがガッツリと船体に引っかかると、四方からぐいぐいと強い力で引っ張られて、次々と縄ばしごがかけられた。それを伝って、足軽《あしがる》のような武具をつけた海賊の一団が登ってくるのだが、水主たちが縄ばしごを切ろうとすると、無数の矢が飛来して近づけないようにする。

「うわっ！　離れろ！　危ないぞ！」

水主頭は叫ぶと同時に、手にしていた赤い旗を振りながら、

「海賊が来るぞ！　武器を構えろ！　戦って跳ね返すのだ！」

と気勢をあげて、応援を求めた。

船内には海賊に備えて、〝自警団〟の浪人数人も控えていたのである。だが、海賊らは思いもよらぬ圧倒的な多数であった。

まさに戦である。まるで廻船には蜘蛛《くも》の糸のように綱や縄ばしごが張り巡らされ、毒蜘蛛が獲物を狙うが如く、ざわざわと這い上がってくる。闇夜とはいえ、この大波の海中のどこに潜んでいたのかと思われるほど、肝を剔《えぐ》られるような不気味な音を立てながら、毒蜘蛛が牙をむいて、じわじわと船上に登ってくる。

浪人たちは這い上がってくる海賊たちに斬りかかるが、いきなりバッと目潰しをかけられて、あたふたと狼狽するだけだった。砂や胡椒《こしょう》を混ぜたもので、激しく咳き込む隙に、海賊たちは浪人をバッサバッサと斬り倒した。

その物凄い勢いに、水主たちはあっという間に尻込みをしてしまい、船長の弥五郎ですら、もはやこれまでと諦めて、

「頼む。水主たちの命だけは助けてくれ。お願いだ」

と土下座をする始末だった。

乗り込んできた海賊の頭領は、いかにも悪党面《づら》した屈強な男である。伸ばし放題の無精髭を撫でながら、

「命が欲しければ、黙って海へ飛び込め」

「そ、そんな……」

弥五郎は両手を合わせて、

「この暗い海で、波も高い……そんなことをしたら死んでしまうではないか」

「だったら、ここで死ぬか」

頭領は腰に下げていた刀を抜き払った。

「こっちには船頭ができる者が何人もいるのだ。櫓を漕ぐ水主もいらぬ。みな、一斉に海に飛び込め。我らが乗ってきた船があるから、溺れることはあるまい」

「し、しかし……」

「往生際《おうじょうぎわ》の悪い奴だ」

頭領が刀を振りかざすと、弥五郎はわああっと叫びながら、自ら率先して船縁から海に飛び込んだ。それを見た水主たちも、情けない悲鳴をあげながら、次々と海に飛び込むのだった。

水主たちがみんな海に飛び込み終えると、海賊たちは、

「エイエイオー！　エイエイオー！」

と勝ち鬨《どき》をあげた。

闇の中で、怒濤の音に重なって、不気味なくらい異様に響く勝ち鬨だった。

波間の水主たちは、その声に急《せ》かされるように死にものぐるいで泳ぎ、筏に摑まったり、漁船に這い上がったりしていた。

海賊が現れたとの報せが船手奉行に入ったのは、その翌朝のことだった。

昨夜の海とは打って変わって、真っ青で美しい空が広がり、穏やかな江戸湾が広がっていた。何事もなかったように、荷船や漁船が鏡のような海面を往来している。

戸田泰全の前には、船手番与力の加治周次郎と船手番同心の鮫島拓兵衛、そして船頭の世之助が沈痛な面持ちで控えていた。

「またぞろ、船ごと盗まれてしまった……その船の行方はまだ分からぬが、今度はまたその船を海賊船に仕立て直して、もっと大きな船を狙うかもしれぬ」

溜息混じりに戸田が言うと、加治もやるせない声で、

「幕府の御船手頭・向井将監をしても、なかなか退治できませせぬ。野盗の類《たぐい》なら、何処かへ追いつめることができるのでしょうが」

「うむ。果てしない海だからな、姿を消されては探しようがない」

「しかし、何らかの手がかりがあるはずです」

「手がかりな……」

　戸田が唸ると、鮫島が眉根を上げて、

「困ったことに、未だ薙左の居所が掴めてない……あれから、もう十日余り経っている。川筋にも街道筋にも手配りをしているが、まったく手がかりがないというのも妙な話だと思いませんか、お奉行」

「それは俺も案じていたところだ」

「悠長なことを言ってるときではありませぬ。柳吉は『白河夜船』の頭領、久米蔵の息子なんです。久米蔵は死んだとはいえ、関東一円に子分衆がおりますからね。もしかしたら、深追いしすぎて、薙左は……」

「やけに心配するじゃねえか、サメ」

　苦笑混じりに戸田は言った。

「いつも事あらば、叱りつけてるおまえが、そこまで薙左のことを案じてるとは、さぞや奴も喜んでるだろうよ」

「お奉行、からかわないで下さい。こんなときに……」

「こんなときだからこそ、信じてようじゃねえか。薙左は無事だってことをよ」

「でも、赤札もぜんぶ外されてました。手賀沼まで行ったことは確かなんですがね」

「ということは、利根川を下って、霞ヶ浦に行ったんじゃねえか？」

「もちろん、そっちにも追っ手をかけてますが……霞ヶ浦に入ったとしたら、少々、厄介だ。あの辺りには、それこそ昔から、江戸と張り合ってる船乗りが沢山いますからね」

「張り合ってるが別に怨み合ってるわけじゃねえ。船乗りとしての腕の見せ所だ。競い合って、より速く、より多くの荷を運んだんじゃねえか」

一番船を競うのは、上方から江戸まで新酒を運ぶ廻船だけではない。霞ヶ浦から利根川、そして房総沖を巡って、江戸湾に至る船も時に競い合っていた。旬の物など、早く着くと高い値がつく商品があるからである。

「だが、それも近頃は、上方からの荷に負けて、少しばかり分《ぶ》が悪くなっていると聞いているがな。ま、それはともかく、一刻も早く薙左を探さなきゃなるまい。サメ……おまえは、霞ヶ浦に出向いてみてくれ」

「俺が……」

「ああ。おまえなら、あの辺りの裏の顔役にも少しはツテがあるだろう」

鮫島は少し面倒臭いという顔をしたが、加治はぽんと背中を叩いて、

「本当は一番案じてるくせに……ともかく、海賊の方は向井様とも手を合わせて、こっちから攻めるから、安心してくれ」

「なんだかねえ……横に追いやられたみたいで、嫌だが……ま、仕方がねえか」

不機嫌な顔のまま、鮫島は頷いた。

二

何処か分からないが薄暗い部屋で、薙左は目が覚めた。

魚が腐ったような饐《す》えた臭いが広がっている。波の音がするし、湊町の喧噪《けんそう》もするが、窓のない納屋《なや》のような所で、少しばかり傾いた扉の割れ目から、陽光が射し込んでいた。埃《ほこり》がふわふわと飛翔しているのが見える。

激しい頭痛が頭の芯に滞《とどこお》っている。まるで焼いた鉄の棒でも首から突っ込まれたような激痛である。

立ちあがろうとすると、足下がふらついて倒れた。咄嗟についた両手が茶碗のようなものに当たった。触《さわ》ってみると米や味噌汁のようだった。

「――なんだ……？」

薙左は一瞬、自分の身に何が起きているのか分からなかった。いや、自分が誰かすら分からなかった。

立ちあがると、出口を探して、扉に歩み寄ったが、外から閉められているのか、ゆすっても扉は開かなかった。第一、力が入らない。

よろりと倒れかけたとき、

ガタッ――。

外から扉が開いて、三十絡みの着流しの遊び人風が入ってきた。そして、薙左を見るなり、にっこりと笑って、

「今日はお目覚めのようだねえ」

「え……？」

「この何日か、起きたり寝たり……覚えていないのかい」

「…………」

「まあ、仕方がねえ。あんな目に遭ったンだからよ」

「あんな目……」

「まあ、来なせえ」

遊び人風は薙左に肩を貸して、扉から出ると、漁師町によくある細い石段を登って、幾つかの路地を抜けると、今度は坂の下に向かって歩き出した。

眼下に陽光に燦《きら》めく海面が見える。

長い間、暗がりにいたせいか、物凄く眩しく感じて、却《かえ》って手探りで歩くほどであった。ゆっくりと坂道を下ると、仕舞《しも》た屋《や》造りの立派な建物があって、『霞楼《かすみろう》』という、この地では有名な遊郭であることが分かった。

はたと立ち止まって見上げると、なんだか懐かしい匂いが漂っているように、薙左には感じられた。

「ここは……」

「見てのとおり、遊郭だ。俺はこの〝見世《みせ》〟の牛太郎《ぎゅうたろう》……つまり妓楼に雇われている男衆《おとこし》ってところだが、政吉ってえケチなやろうでござんす。以後、お見知りおきのほど」

「――あ、そう言われても……俺は一体……」

「どうやら、物忘れをしているようですが、衝撃のせいでしょう。恐い目に遭ったり、溺れて苦しんだりすると、一時、そういうことになることがあるらしいですぜ」

「…………」

「とにかく、来なせえ」

遊郭の裏手に廻って、そこから土間に入り、風呂に入れてくれた。

熱めの湯にさっと浸かって、薙左は汗ばんだ体を糠《ぬか》で擦り、髪も洗って結い直し、髭も剃り、さっぱりとした姿になって、二階の一室に通された。

そこには、化粧っけのない地味な紫陽花《あじさい》柄の浴衣姿の女が座っていて、

「大変でしたねえ……十日の間、目が覚めたり、また気を失ったり……大変だった」

と微笑みながら薙左に声をかけた。

「では、あっしはこれで失礼しやす」

政吉は障子を閉めると、そのまま階下に下がっていった。

「あの……これは……」

訳が分からぬ様子の薙左に、女は大小の両刀を差し出して、

「これは、あんたのだよ」

「え……？」

「ここから見てたんですよ。あんたが、銀兵衛たちにいたぶられて、簀巻きにされて捨てられるのをね」

「銀兵衛……」

「この辺りのならず者の頭目《とうもく》だよ」

「頭目に簀巻きにされた……」

「覚えてないのかい。仕方がないねえ。しばらく養生《ようじょう》すれば、治ると思うよ。焦《あせ》ることはない。少しずつ思い出すさね」

女は優しい目で微笑んだ。薙左は不思議そうに首を傾げて、

「でも、どうして俺を助けてくれたのです」

「目の前で人が殺されるのなんざ、見たくありませんからねえ。政吉たちに頼んで、海に投げ捨てられたあんたを引き上げさせたんですよ」

「…………」

「でも、しばらく、銀兵衛たちが見ていたから、なかなか……だから、ちょいとばかり苦しい思いをさせちまった。物忘れに陥ったのも、そのせいかもしれないね。でも、命が助かっただけでも御の字じゃないか」

「あ、これはかたじけない」

「礼を言うのは、むしろこっちの方だよ」

「え……？」

「いや、なんでもない」

遊女は誤魔化すように言って、

「でも、本当によかった、死ななくて……ああ、私の名は、桔梗……ききょうの花はすっとしていて意外に芯が強いんだって……もっとも源氏名だけどね」

「桔梗……」

「本当は、お染ってふつうの名だよ。でも、親に捨てられた身だから、親がつけた名も捨てなきゃさあ」

自嘲ぎみに話すと、薙左が訊いてもいないのに、自分の生国《しょうごく》は出羽《でわ》の小さな山村だとか、江戸にも数年、住んでいたことがあるとか、実は子供もひとり生んだが、半年足らずで死なせてしまったとか、色々な話をした。

もっとも、それが事実かどうかは分からない。遊女というものは、嘘の身の上話をして客の関心を惹くものだ。しかし、薙左はただの行きずりの人間である。色気で迫ったところで、何になろう。しかも、銀兵衛という男は、この界隈を取り仕切る悪党の頭目格である。下手《へた》をすれば、遊女の方が危ない目に遭うのではないかと、薙左は気遣った。

「とにかく、命を助けてくれて、本当にありがとう。この礼は必ず……」

「そんなものはいらないよ。あんたが何を調べにここに来たのか知らないが、体が落ち着いたら、逃がしてあげますよ」

「逃がしてくれる」

「ええ……」

「でも、どうしてここまで面倒を見てくれるのですか」

「たまさか見かけたからですよ。それに、あんた……船手奉行所同心の格好をしてた」

「船手……」

薙左は眉間を寄せて考えたが、俄には思い出さないが、その言葉に妙な懐かしさや親しみを感じた。

「桔梗さんはどうして、船手奉行所同心の姿だと分かったのです」

「それは……」

ほんの一瞬、ためらったが、桔梗は団扇で胸の辺りを煽ぎながら、

「私も江戸にいましたからね。白綸子に白袴、誰が見たって、そうだと思いますよ」

「——船手、か……」

自分の掌をまじまじと見つめた薙左は、肉刺だらけだと気づいた。しかも、最近できたものである。相当、力を込めて、長い間、櫓や櫂《かい》を漕いだのであろうことは察することができた。

物忘れとは不思議なもので、自分が何者かが分からなくても、習慣にしていたことや世の中の普遍的なものは忘れない。たとえば、箸の使い方や守るべき法を忘れることはなく、日常の暮らしはふつうにできるのだが、自分が誰かということと、

自分に関わる周辺の人々のことは忘れてしまう。親が誰かとか、自分に妻子がいるかどうかとか。

「妙な塩梅になったりれど、あんたは誰かを江戸から追ってきて、その挙げ句の果てに、こんな目に遭ったってことだよ」

「……………」

「だから、江戸に帰って助けを求めた方がいい気がする」

「それにしても、俺は……誰を追いかけてきたんでしょうね」

「考えない方がいいよ、もう」

「俺に追いつめられて困る奴、まずい奴らが、簀巻きに……」

ズキンと頭に痛みが走ったが、その代わりに何かが閃光《せんこう》のように脳裏を巡った。

薙左は苦悶《くもん》の表情を桔梗に向けて、

「俺をこんな目に遭わせた銀兵衛って奴は、何処にいるのです」

「ダメだよ、あんた……殺されるだけ。今はじっと我慢で、とにかく逃げなさいな」

「今、ほんの少しだけ思い出したんだけど、たしか、あの髭面……何処かで会ったような気がするんだ」

「………」

「もう一度、会えば分かる気がする。そしたら、自分が誰かも分かるかもしれない。そしたら、何のために俺がここに来たのかも、はっきりするだろうし」

「ちょいとッ」

桔梗は声を強くして言った。

「せっかく拾った命なんだから、大切にしなさいな。それに、あんたに下手に出歩かれちゃ、誰が助けたかって話になる。私が手を貸したなんてことが分かったら、こちとらの命がない。大人しくしといて下さいましな」

「……そうですね。迷惑はかけません」

薙左は深々と礼をすると立ちあがった。桔梗は座るように勧めて、

「来たばかりで、何処へ行くってのさ。とにかく、しばらくはここで身を隠して……」

と言いかけるのへ、しっかりと首を振って、

「ありがとうございます。しかし、もし自分が船手番同心であるならば、やはり使

命はまっとうせねばなりますまい。あなた方のことは、一言も喋りません……そうですね。不死身だということで、銀兵衛とやらに会ってみますよ」

「まったく、大人しい顔をしてるくせに、頑固だねえ」

「それは私にとって褒め言葉です」

微笑み返した薙左は、もう一度、深々と頭を下げると凛然《りんぜん》と目を輝かせた。

三

湊の沖合に三百石積くらいの船が係留している。

霞ヶ浦を航行する船でないということはひと目で分かった。沿岸を走る弁才船である。この船がここまで来るには、利根川を一旦、遡航せねばならず、当然、船底が深いためにそれは無理な話であろう。

もっとも、船体を材木などで固定した上で、丸太の上を転がしたりして運べないことはない。しかし、そのためには随分と多くの人手がいるし、日数も手間もかかるはずだ。

おそらく強引に曳航《えいこう》してきたに違いない。梶《かじ》の羽板《はいた》、身木《みき》、下桟などは破損しているし、外艫も無惨である。舳先の船側にあるはずの船名は『丸』を残して消えている。

――何処かから払い下げられたものか、それとも盗まれ……。

と考えた途端に、〝海賊〟という言葉が閃いた。

薙左は自分が誰であるかは、まだ分からないが、江戸湾の灯明台の鼻辺りに、海賊が出没することは覚えていた。その探索のために、いつかは出向かねばならぬという思いも、なんとなく思い出した。

――どうやら、俺が船手番同心であることは間違いなさそうだ……だとしたら、船手奉行所の者に限らず、役人に会えば分かるかもしれない。

道中手形も奪われたのであろうか。いや、身につけていなかったのかもしれぬ。などと考えを巡らせていたが、今は浴衣から借り物の着物に着替えたものの、どうにも腰の刀が落ち着かない。気持ちが安定していないから仕方のないことであった。

近くを通りかかった荷船人足に、

「あの船は、どうやってここへ運ばれて来たのかな？」

と薙左が問いかけた。すると、怪訝《けげん》そうに見やった荷船人足は、

「どうも、こうも、銀兵衛さんたちが運んで来たんだろうよ」

「銀兵衛さん……」

「おまえさん、この辺りじゃ見かけない顔だが、余計な詮索《せんさく》はしない方がいいと思うぜ。くわばら、くわばら」

まるで落雷でも避けるように、船荷人足は駆け去った。

空を見上げると、先程まで晴れ上がっていた眩しい青空に、むくむく黒い雲が広がってきた。この辺りは、季節にもよるが風の向きによって天候が変わりやすいようだ。

湊の方に歩きはじめた薙左とすれ違った水主風の男が、

──アッ!?

と緊張した顔で振り返った。そして、驚いた猫のように駆けだすと、少し離れた所でたむろしていた人足たちと、何やら言葉を交わして、ちりぢりに散った。

──もしかすると、俺を襲った銀兵衛の手下たちかもしれない。今度は簀巻きにされぬよう気をつけねばならぬな。

そう警戒して、桔梗の顔を思い出した。

時を置かずに、銀兵衛を連れて、ならず者たちが舞い戻ってきた。いずれも、今にも噛みつきそうな顔ばかりだが、銀兵衛だけは冷静な目つきで、

「どうやって助かった……いくら船手番同心でも、あれだけ、ぐるぐる巻きにされれば、逃げられるわけがないはずだ」

やはり船手番同心なのだなと、薙左は改めて思った。幕府の役人だと知りつつ、殺そうとするとは、罪を犯している連中に違いあるまい。そう思った薙左は、物忘れをしていることは悟られぬように、

「さて、どうやったかは内緒だ」

「もしや……他にも仲間がいたのか」

「――おまえたちの悪事は既に露顕しているのだ。大人しく、江戸まで来て貰おうか、銀兵衛とやら」

「!?――なぜ俺の名を知ってる」

桔梗が言っていた銀兵衛とはこいつのことかと、薙左は思った。それにしても、どこかで見たことがあるような気がする……以前にもそう思ったことがあるとも感

じた。だが、自分のことも思い出せないから、はっきりしないのは無理もない。

薙左は余裕の笑みで口元を歪めて、

「霞ヶ浦に銀兵衛ありと知らぬ者はおらぬ。江戸でも知られている」

とハッタリを言ってみた。すると、銀兵衛は少しずつ近づきながら、

「やはり、貴様は気づいていたか、早乙女……」

と言った。

――それが、俺の名なのか？

そう思ったが、薙左はなるべく表情を変えぬように、

「……いきなり簀巻きにされたときは驚いたが、おまえなら、そうせざるを得なかっただろうな」

と探るように見た。

「しかし、どうして、ここが分かった」

「さあ、てめえで考えてみろ」

「やはり、柳吉を追ってきたのは、俺たちを探り出すためか」

柳吉とは誰だ――薙左は思ったが、じっと相手を見据えたまま、

「ま、そういうことだ」

「ふん。船手は柳吉をわざと放ったのか……戸田泰全が考えそうなことだ」

銀兵衛が話すのを、薙左はじっと聞いていた。心の中では、

——いいぞ。もっと喋れ。

と思っていた。戸田泰全という名も思い出せないが、銀兵衛とやらは、船手奉行のことを色々と知っているとみえる。一体どういう奴なのだ。

「悪足掻きはよした方がいいぞ、銀兵衛。俺に会ったからには、もう逃れられぬ」

また鎌《かま》を掛けてみる。

「しゃらくせえ。若造の癖に何を偉そうに……こっちは散々、加治や鮫島に偉い目に遭わせられたんだ」

「そうだったな」

薙左は相手に合わせて頷いた。

「だが、二度とヘマはやらねえ……俺は一度、死んだ男だ」

死んだ男とは、どういう意味だと薙左は思ったが、黙って相手が話すのを待っていた。だが、銀兵衛はそれ以上は語らず、子分たちがゆっくりと薙左の周りを取り

囲んでいた。

しかし今度は、薙左も油断していない。自分でも驚くほどしぜんに青眼《せいがん》に構えたとき、それが当然のように相手の太刀筋が見えた。

普段、稽古を重ねているから、物忘れに陥っていても、体は動くようだ。

――そうか、俺は小野派一刀流の道場に通いつめていた。いいぞ。少しずつ思い出してくるような気がする。名は早乙女……早乙女何というのだ。

そう思いながら子分たちに目配りをしている薙左に、銀兵衛が野太い声で、

「もう一度、簀巻きにしてやるから、覚悟しやがれ」

「御免被《こうむ》る」

「やれ」

銀兵衛の目が鈍く光ると、子分たちは一斉に匕首で突きかかった。

素早く刀を抜き払った薙左は、背後から襲ってきたふたりを、二拍子でバッサリと斬り倒した。急所を外したが、ひとりが鎖骨を折り、もうひとりは耳を削《そ》ぎ落とされた。

「うぎゃあ！　いてえ！　いてえよう！」

悲痛に叫ぶ子分たちの声に、他の者たちも仰天して怯《ひる》んだ。

ジャリッと鍔《つば》を鳴らして、刀を持ち直すと青眼に構えて、銀兵衛の前に立った。

子分たちは間合いを取りながら、取り囲んではいるが、一足では踏み込んで来られないほどの距離がある。

「おのれ……俺に勝てると思うておるのか」

銀兵衛だけは立派な刀を持っている。おもむろに抜き払うと、同じく一刀流であろう、青眼に構えてズイと間合いを詰めた。髭面で、なりは海賊のような姿だが、元は武士と見えた。しかも、かなりの手練れだ。

——できる……。

そう思った薙左の内心を見抜いたように、さらに半歩、間合いを詰めた。思わず下がった薙左に横合いから脇差を叩き込んできた子分がいた。だが、鋭く弾き返して、相手の籠手を切り裂いた。

ほんの一瞬の隙に、銀兵衛が斬り込んできた。

ブンと物凄い勢いで空を切った。二の太刀が返ってきたが、薙左は一寸で見切って、突き出した切っ先で相手の袖を払った。同時に、薙左の襟元《えりもと》もわずかに切り裂かれた。

お互いにハッとなって跳び退り、間合いを取り直した。

「腕を上げたな早乙女……だが、その程度の腕では、『白河夜船』を沈めるのは、到底、無理な話だぜ」

白河夜船――これも聞いた事がある気がする。

「あっ……」

この言葉で、薙左は荒川で屋形船を検視している鮫島の姿を思い出した。そして、今し方、銀兵衛が洩らした「加治、鮫島」の名が重なって、雲間が晴れるように、薙左の脳裏に色々なことが蘇《よみがえ》ってきた。

「そうか……そうか、思い出したぞ」

と目を輝かせる薙左に、銀兵衛は「なんだ」という顔になって、

「思い出した……だと？」

「ああ。ついでに、おまえの顔も思い出した。その髭面だから、よく分からなかったが、あなたは御船手頭・向井将監様の家来、佐久間小五郎さんだ」

「――どういうことだ……おまえは俺のことを……今、気づいたのか……？」

訳が分からぬ様子で身構えた銀兵衛の切っ先が、ほんのわずかに下がったとき、ひょいと自分の間合いに跳ねて、刀を叩き落とすと、まっすぐ突いた。

刀から諸手《もろて》を離して後ろに下がった銀兵衛の喉に、薙左の刀の刃が伸びて、一寸手前で止まった。

銀兵衛はぴくりとも動けなかった。

四

「どういうことですか、佐久間さん。あなたは一年程前に、海賊ヶ浦に現れた海賊の船に乗り込んで、殺されたはずだが」

薙左が問いかけると、銀兵衛は喉元の切っ先を気にしながら、

「佐久間と呼ぶな。俺はもう海賊の頭領・銀兵衛だ」

「海賊の頭領?」

「ご覧のとおりだ。公儀の役人なんざ、うんざりでな。船を乗り換えたンだよ」

子分たちの手前があるのか、銀兵衛は突っ張っているようだったが、薙左は刀を

引かずに追い討ちをかけるように訊いた。油断をすると、命を狙ってきた相手だ、何をしでかすか分からないからである。

「御船手頭・向井将監様の元家来であり、水主同心を束ねていたあなたが、何故にかような真似をしているのです」

向井将監とは、徳川家康に仕えた水軍の武将であり、大坂冬の陣では、九鬼守隆《もりたか》と共に豊臣方を制圧し、以来、世襲をして徳川幕府に仕えている。当代将監の腹心と言われていた佐久間が、まさか海賊をしていたとは露知らず、薙左はがっくりと肩を落としそうになった。

「……情け無用。斬るがいい」

銀兵衛はそうは言ったものの、隙あらば返り討ちにしようと思っているようだった。その証拠に、後ろ手にした袖に小刀を隠し持っている。

「佐久間さん。私はあなたを尊敬すらしておりました。海の男として、いつも命懸けで事に臨む姿を忘れることはできませぬ」

「そういえば、おまえの親父も船手番同心だったな。立派な海の男だった」

「はい。賊を追って海の彼方《かなた》に消えてしまいました」

「——海の彼方、にな……」

何か言いたげな目で、銀兵衛は口を半開きにしたが、黙って目を伏せた。

「ですが父の姿は、私の胸の中では生き続けております。向井将監様もそうですが、海を守ることこそが、この国を守ることだと思います。父上も同じ気持ちだったはずです」

「………」

「昨今、異国の船が我が国の周辺を見廻っております。攻撃をしてくる気配すらあります。もっとも、この国も今のままでは、強いエゲレスやオロシアに飲み込まれるかもしれません。そんな危難のときに、どうして、あなたは海賊の頭目なんぞに成り下がったのですか」

「海賊に成り下がった、だと？」

「そうではないですか。何の罪もない廻船を襲って、水主たちに危害を加え、物品を奪い取るなんて、到底、海の男のすることではありますまい」

ムキになって切っ先を向ける薙左を、佐久間はじっと見つめ返して、

「海賊のどこが悪い。おまえはどうか知らぬが、俺の先祖は立派な九鬼水軍だ」

「水軍……つまり、海賊……」

「元々は、陸の者たちと和同せずに、古来より己たちなりの営《いとな》みをしてきた。つまりは、まつろわぬ者たちだ。それが時の為政者に利用され、与《くみ》して生き延びてきたのはたしかだが、本来、誰からも束縛されぬ自由の民なのだ。違うか」

「だからといって、盗み働きをする正当な理由にはなりませぬ」

「正当な理由とはなんだ」

佐久間は自分から刀の切っ先に近づき、

「おまえは、食う苦労をしたことがないから、そのようなことを軽く言えるのだ」

と迫力ある声で断じた。

薙左はその勢いにほんのわずか刀を引いた。

「飢える者は、物乞いになるか、盗みを働くかしかない……それが悪いことだと、おまえは言い切ることができるのか。お上のせいで飢えた者たちに、そう言えるのか！」

「お上のせいで……？」

「そうだ」

毅然と睨みつける佐久間のまなざしに、盗賊の類の穢《けが》れはない。どこか覚悟を決めた強い目の光に、薙左はたじろぐばかりであった。そして、刀を鞘に戻しながら、

「――何か、もっと言いたそうですね、佐久間さん」

「おまえにも見せてやろう。来い」

と銀兵衛は言いながら、小刀を見せてから腰に差し戻し、歩き出した。

船着場の片隅に係留している艀《はしけ》に乗った銀兵衛は、薙左に向かって、

「乗れ」

と命じた。他の子分たちも何人かついて行こうとしたが、

「おまえたちはよい。他に役人が潜んでいるかもしれぬから、探って来い」

「ひとりで大丈夫でやすか」

「うむ。もし、俺に万が一のことがあったら……分かってるな」

銀兵衛は意味深長な態度で、子分たちに頷くと桟橋を蹴って、櫓を漕ぎはじめた。

少し沖合に出るとすぐに海のように波がうねりはじめた。風も強い。地元の者は、海と呼んでいるが、まさに大海原《おおうなばら》に見える。

沖には、何々丸の船名が削られた廻船が停泊している。三百石くらいであろう。

薙左の目にはしだいに、迫ってくる廻船の上で、何やら作業をしている男たちの姿が見えてきた。

あっと目を見開いた薙左に、櫓を漕いでいる銀兵衛が声をかけた。

「おまえも気づいただろうが、これは先日、灯明台の鼻で襲った大灘丸ってえ船だ。これには、老中や旗本に送られる絹だの酒だの砂糖だの上等な油なんかが、ごっそり積み込まれてある」

「…………」

「上方商人が賂代わりに付け届けするものだ。鉄砲洲の河岸に下ろして、それぞれの幕閣のお屋敷に運ばれる」

「盗んだのですね、船ごと……」

「この荷を盗まれて一体、誰が困る」

「誰って……困るとか困らぬとかではありませぬ。盗むということ自体が間違いです。それに、この船主だって困るだろうし、船頭や水主たちはどうしたのです」

「海に飛び込ませたよ」

「そ、そんな……」

「気にするな。海には何艘もの小舟があるし、浮き板も沢山ある。よほど運が悪くなきゃ、陸に辿り着くだろうよ」

「無茶苦茶だ」

「お上がやっていることは、無茶ではないというのか」

銀兵衛は巧みに櫓を操って、舳先の向きを変えた。志度崎から柏崎の方へ漕ぎながら、銀兵衛は続けた。

「目の前に千両積んだ船があるとする。その船は、千両あってもなくてもよい分限者の所へ運ばれている。だが、目の前には一両あれば死なずに済む人間が千人いる……おまえなら、どうする」

「……どうするって」

「その千両を盗んで、死にそうな千人を助けたいとは思わぬか」

「…………」

「それとも、きちんと分限者の所へ届けるかい。そいつは、どうせ、てめえの贅沢だけに湯水のように金を使ってるんだ」

「でも……その分限者とやらも、千両が必要なのかもしれない」

「じゃ、おまえなら、千人を見捨てて、きちんと持ち主に届ける。そう言うのだな」

「理由はどうであれ盗みはしない。それだけのことです」

「どんな理由があっても」

「そうです」

「だったら、目の前の人間千人が死んでも、構わないっていうのだな。ま、どうせ、おまえには関わりのない人間だしな」

「……そういう意味ではありません。盗みはしない、ということです」

「では、どうする」

「分限者とやらに掛け合って、その千両を貰うか、借りるかする」

「ふん。そんな殊勝な分限者がいるものか」

「そうでしょうか」

「仮に千両くれるとするか……だが、それは何日先のことだ。明日か、一月《ひとつき》先か？

千人は今にも飢え死にしそうなのだぞ」

「…………」

「俺なら、てめえが盗みで裁かれようが、目の前の千人を助けたい」

そう言ってから銀兵衛は黙然と櫓を漕ぎ続けた。

小さな浦に来ると、その浜辺には粗末なあばら屋が見えた。だが、近づいていくと、しだいにそれは家ではなく、屋根のついた何十もの小舟が停泊しているのだと分かった。

陸にも幾つかの長屋風の建物はあったが、決して上等なものではなく、なんとか雨風をしのいでいるだけのものだった。

「――あれだよ」

銀兵衛がぽつりと言うと、陸の方からもこの船が見えたのか、大漁旗を何かの合図のように振った。

すると、小山の上からも同じような旗が幾つか現れて、パタパタと振り合っていた。赤や青、金銀、色とりどりの模様が風になびいて、殺風景な中で実に鮮やかだった。

五

栈橋の周辺には、屋根付きの小舟が船縁を寄せてずらりと並んでおり、それらには漁用の銛《もり》や網だけではなく、刀、長槍、弓矢から、捕り物に使うような突棒や刺股の類まで備えつけられていた。

——海賊船団のもの。

であることは、間違いなさそうだった。

どこまで遠征しても、海上で暮らしながら、戦えるように設えられている船である。

「驚いたか、早乙女……」

銀兵衛に声をかけられて、目の前の小さな入り江に並ぶ、何十いや何百もの小舟の群れに、薙左は戦慄《せんりつ》すら覚えた。

「大将！　何かあったのですか!?」

真っ黒に日焼けした顔で無精髭の、いかにも海の者らしい男たちが数人、駆けつけてきた。その中の兄貴格であろう男が、

「誰でやす、そいつは」

「船手番同心の早乙女という奴だ。ちょいと可愛がってやってくれ」

と言った途端、数人が一斉に艀から、薙左を引きずり下ろした。

「そうじゃねえよ。大事な客人だ。丁寧に扱わなきゃダメじゃないか」

苦笑しながら銀兵衛が言うと、子分たちは訝しげに見やりながらも、当然のように命令を聞いた。

「仁平《にへい》、勘八《かんぱち》、おまえたち二人は、早乙女殿を親方の所へお連れしろ。それから、伊勢次……おまえは、盗んだ大灘丸へ行って、物資を金に換えて、それぞれの村に届けるよう差配しておけ」

と命じた後で、こっそりと何かを耳打ちした。

「――へえ、承知しやした」

伊勢次が素直に返事をすると、他のふたりも銀兵衛に頭を下げた。

「俺は後で行くから、仁平、頼んだぞ」

と銀兵衛は左手の山道へ向かった。

薙左は仁平と勘八に促されて、船着場からさほど遠くない商家風の二階建ての屋敷に招かれた。以前は、廻船問屋でも営んでいたのであろうか。人の出入りはないが、間口が広く開けっ放しにしている。

土間があって、その奥のがらんとした広い板間では、箱火鉢の前で、縞《しま》模様の山吹色の羽織を着た初老の男が、煙管を吹かしている。ぎらりと向けた目が、只者ではない雰囲気を漂わせている。

「中城町の勝蔵さんだ」

仁平が薙左の背中を押しやると、

「ああ……あなたが」

「ちゃんと挨拶をしねえか、この若造が」

と乱暴に仁平が言うと、勝蔵は好々爺《こうこうや》のような笑みを洩らして、

「客人に対して乱暴はよさないか、仁平……さあ、座りなさい」

薙左に藁《わら》で編んだ座布団を勧めた。

「これは、どうも……」

刀を腰から取って座った薙左を、仁平と勘八は仁王のように立って見下ろしている。いずれも強面《こわもて》だが、勝蔵の前では忠犬のように身構えているだけだ。

「名はなんと言うね」

「早乙女薙左……船手奉行所同心だ」

「ほう。では、銀兵衛こと佐久間さんともお仲間だったということかね」

「役所は違いますが、まあ似たようなものです」

「船手奉行といえば、戸田泰全様でしたな……会ったことはないが、血も涙もない奉行とか」

「そのようなことはない。悪党が許せないだけです。弱い者たちの味方なのです」

「弱い者たちの、ねえ……」

勝蔵はポンと煙管で箱火鉢の角を叩いて、灰を捨てると、新たに煙草の葉を器用そうに手で詰めながら、

「早乙女さんとやら。あんたも、俺たちの味方になってくれないかね」

「味方……?」

「悪いようにはせんよ。海の男なら、理不尽なお役所仕事なんかやめて、本当に人助けをしねえかい」

「なるほど……」

薙左はこくりと頷いて、

「あの立派な佐久間さんを海賊の一味に引きずり下ろしたのは、あんたですか」

「なんだと、てめえ！」

今にも突っかかろうとする仁平と勘八に、勝蔵はよさないかと制して、

「佐久間……いや銀兵衛はね、自ら海賊になると決めたんだ。腕も度胸も、人を操る器量も備わった凄い男だ。俺は、海の男として、胸に響いたね」

「…………」

「あれは、一年程前のことだ。俺たちがある二百石余りの荷船を襲ったときのことだ。船手奉行所の連中のやることは、驚いたねえ……火を放って、どんどんと廻船を火の海にしやがった。人を助けるよりも、海賊衆を捕らえることの方が大事とみえる」

苦々しい顔になった勝蔵は、煙管に火をつけると溜息のように吐き出して、

「乗り込んできた役人らは、逃げ惑う水主を救うよりも、荷物が燃えていることよりも、海賊をとっ捕まえることしか頭にねえ。だから、そのために水主には焼け死んだ奴もいるし、溺れた奴もいるし、荷物はぜんぶパアだよ」

「……船手が海賊を捕らえるのは当たり前のことだが……勘違いして貰っては困る。火を放って乗り込んだのは、御船手頭の方で、俺たち船手奉行所とは違う」

今で言えば、警視庁の水上警察と海上保安庁の違いのようなことを薙左は説明しようとしたが、勝蔵はそんなことは百も承知だと吐き出すように言ってから、

「俺は船主だから、漁師や船乗りが可愛くてしょうがねえ。海に出て無事に帰って来ることだけを願ってる。ましてや、船がひっくり返ったり、壊れたりしたら、船乗りたちに申し訳がたたねえ」

「…………」

「それは、海賊衆に対しても同じだ……こいつら、仁平も勘八も同じだが、元はまっとうな漁師だった。だが、この何十年も続いている不漁や飢饉、浅間山《あさまやま》の噴火、地震や津波、大雨による洪水……世の中、どうなっちまっているんだ……農民たちは田畑を失った者も多い。江戸に出稼ぎに行ったところで、手間賃はしれてるし、慣れない仕事でろくな金にはならねえ」

勝蔵はまるで自分のことのように懸命に語った。

「だが、俺にできることといえば、有り余る船を貸すことだけだ……中には水軍の末裔《まつえい》も一杯いる。だから、その軍団の知恵と技量を生かして、『ある所から、ない所に運ぶ』ことを始めたんだ……銀兵衛が役人でありながら、俺たちの頭領になっ

たのには、もっと深い訳がある」

「深い訳……？」

「――知りたくねえか」

薙左は凝視《ぎょうし》する勝蔵を見つめ返しつつも、何故、このような話をするのか不思議だった。

「それならば、佐久間さんは言ってました……貧しい人を救うため……奪った千両で千人の命を救うと……」

「それだけではない……あの人には、もっと大きな望みがある」

「大きな望み？　海賊の頭領に収まって、諸国の湊という湊を渡り歩いて、盗みを働きたいとでもいうのですか。義賊ぶって、人助けをしたところで、結局は盗賊には違いない。盗みを働く理由がなんであれ、御定法破りは……」

「うるせえよッ」

いきなり勝蔵は声を荒らげた。

「早乙女薙左と聞いて、少しは骨のある奴かと思ったが、とどのつまりは小役人。世の中の本当に困ってる人間を救うことなんざ、これっぽっちも考えてねえんだな」

　と勝蔵は指の先を弾く真似をした。

「江戸で金持ちが、この世の華と浮かれている裏で、どれだけの百姓が身を粉《こ》にして働き、漁師が命懸けで働き、鉱夫が肺を患いながら扱《こ》き使われてるのか、少しも分かっちゃいねえな……父子《おやこ》で、こうも違うものかねえ」

「……父子で？」

　どういう意味だと言おうとしたとき、勝蔵は諸手を挙げて、仁平たちに、

「おまえら。銀兵衛が行った所に案内してやれ」

「え、へえ……いいんでやすか……」

「いいよ。こいつには、笞《むち》を浴びせるよりも、痛い目に遭わされることになろうがな」

　薙左を睨みつける勝蔵の分厚い唇には、得《え》体《たい》の知れない不気味さが漂っていた。

六

湊を見晴らせる小高い所に、細長い石段があって、その上に立派な鳥居がある。胸を突きそうな急な階段で、薙左は太股《ふともも》が痛くなるほどだった。

ようやく登り詰めると、眼下には霞ヶ浦が広がり、その遥か向こうには北浦や利根川、そして鹿島灘《かしまなだ》が見渡せる。水平線が丸く眺められて、まさに世界はひとつの海で繋がっているのではないかという思いに駆られた。

深く長い溜息をついた薙左がふと振り返った神社の黒い本殿には、『白河大明神』と書かれてあった。社《やしろ》は小ぶりだが、毎日誰かが清掃をしているのか、風雨にさらされたにしては、艶やかに磨かれていた。

「――白河……大明神……」

口の中で呟いた薙左に、仁平が背後から声をかけた。

「ここには、『白河夜船』が祀《まつ》られている」

「えっ？」

薙左には一瞬、理解ができなかったが、江戸を荒らしていた盗賊を河川や海伝いに船で逃がすのが『白河夜船』の頭領・久米蔵だった。その男が拝み奉《たてまつ》られているのかとつぶやいた。

「ま、当たらずとも遠からず、だな」

その声に振り向くと、本殿の横手にあるちょっとした詰所から出てきたのは、銀兵衛と柳吉であった。むろん、薙左は柳吉の顔は知らないが、

――もしかして……。

という直感は当たった。銀兵衛はこの男こそが、薙左が追いかけてきた久米蔵の息子である柳吉だと教えて、

「さて、どうするかね、早乙女」

「…………」

「むろん捕縛する。関東一円の盗人の元締か何だか知らぬが、その柳吉は訳はどうであれ、商人を傷つけ、脅し、女を殺した……かもしれないからな」

薙左は『大黒屋』が久米蔵の泥棒宿を請け負っていたことや、『大黒屋』の主人・李兵衛が久米蔵を裏切っていたことなどは知りもしない。だから、躍起になるのは分かるが、それについては、銀兵衛が粗方、教えた。それでも、薙左は俄には信じられず、

「柳吉……いずれにせよ、一度は、お白洲にて事の真偽を話さねばなるまい」

「それは一向に構わないよ。しかし……」

「しかし？」

「そんなことをすれば、あんたの親父さんのことも話さなければならない」

「俺の親父のこと？」

「ああ。早乙女十内……様は、今、ここに眠っている。神として崇《あが》められてね」

「!?――――」

薙左には、柳吉が言っていることがサッパリ分からなかったが、銀兵衛はおもむろに前に出てきて、

「篤と聞くがいい。おまえの親父殿は、船手奉行所の隠密組頭だった」

「……知らぬ。船手番同心であるのは、たしかだが……」

「一々、息子に自分の身分のことなど語るまい。ましてや、隠密組頭となれば尚更だ。だが、これは本当のことだ」

「それで……？」

「おまえの親父殿は、『白河夜船』の頭領……つまり柳吉の親父、久米蔵とある事件で意気投合した。それゆえ、時の船手奉行を裏切り、抜け荷一味の賊を追いかけ

て災難に遭い、行方知れずになってしまった……ことになっている」

何を言い出すのだ。騙されているのではないかと、薤左は納得できずに首を振った。

憂いを帯びたその顔を見ながら、銀兵衛は続けた。

「だが、親父殿は久米蔵と組んで、船手を含む公儀の色々な秘密を流していた。何か見返りを求めてのことではない。純粋に、弱い立場の人間、困った人々を助けるがためだった。目の前で溺れている者を見捨てることができなかったんだよ」

「――嘘だッ」

「本当のことだ。だから、おまえの親父は死んでからも神と祀られ、こうしてここで我々を見守ってくれているのだ。むろん船主の勝蔵さんも、随分とおまえの親父殿には面倒を見て貰ったはずだ」

とんでもない嘘をついて、籠絡《ろうらく》しようとしている。薤左はそう思わざるを得なかった。しかし、銀兵衛は何度も真実であることを語って、神社の本殿の扉を開き、その中にある奉納刀は、早乙女十内のものだったことを明らかにした。

それはたしかに、薤左も覚えのある堀川国広《ほりかわくにひろ》の業物《わざもの》で、船手の手形やお守りの類も残されていた。何よりも、役人を辞める決意書を自ら書き残し、その中には薙左を案ずる文言も記されていた。

「いや、信じられない……信じたくもない。俺の父上が、理由がどうであれ、盗賊なんかの味方をするなんて……それで崇められてるなんて、誰がッ……」

動揺を隠しきれない薙左は、声を震わせながら、

「だったら、どうして俺を簀巻きにして、海に捨てたりしたのだ。佐久間さん、あんたは神と崇める男の息子だと知っていて、どうして俺を……！」

「そんなのは、計算済みだ。遊女の桔梗……あいつが助けることになっていた。簀巻きにして死んだと……あの湊界隈の者たちに納得させるためにな」

「なぜ、そのようなことを……」

「役人を生きて帰せば、いずれ幕府の軍勢が押し寄せて来るやもしれぬ。だから、死んで貰う必要があった。この辺りは、海賊の巣窟《そうくつ》ゆえな。もっとも……その後に、こうして、俺たちの仲間に……」

「御免被る」

薙左は毅然と言った。

「もしや、父上にも同じような脅しをかけて、無理矢理、仲間に引きずり込んだのではないだろうなッ。まかり間違っても、父上が盗賊の真似事など……」

「真似事ではない。海賊の惣領《そうりょう》だったのだ。早乙女十内様がなくなったのは、もう五年近く前のことだが、俺はその話を聞いて、跡を継ごうと決意したのだ」

毅然と断言する銀兵衛を、薙左は悲嘆に暮れた目で見ていた。

「――信じられない……五年前まで、父が生きていたなんて……俺には到底、信じることができない。嘘だ……これは罠だ。俺を陥れる……」

と言いかけたときである。

眼下の大灘丸から煙が上がっているのが見えた。黙々と灰色の煙が広がり、やがてボワッと船を炎が包み込んだ。

「銀兵衛さん、あれを！」

仁平と勘八が同時に声を発した。

「燃えている。俺たちが命を懸けて手に入れたものが！」

「もしや……」

銀兵衛の表情がみるみるうちに強張《こわば》った。そして、薙左を見やると、

「まさか、おまえの仲間じゃあるまいな」

「分からない……」

そう答えたものの、もしかしたら船手奉行所の者たちが、薙左の〝航跡〟を辿ってきたのかもしれないと思った。だが、口には出さなかった。

炎が広がると、阿鼻叫喚《あびきょうかん》の声が離れている山上にまで響いてくる。

「——もしや、伊勢次も……」

犠牲になっているかもしれないと、銀兵衛は仁平と勘八に先に行けと命じて、凛々と輝く目で薙左を振り返った。

「どうする。おまえがここに導かれたのは、天命かもしれぬ……俺はそう思うがな」

「…………」

「俺たち海賊は、ただの盗人ではない。お上が見捨てた人々を救うために、生かし続けるために命を懸けてるのだ」

決然と断じると、銀兵衛は奉納刀などを社殿に戻して、二礼二拍手一礼をして、悠然と鳥居を潜って石段を降りはじめた。

すると、山肌でたなびいていた無数の大漁旗が前後左右に揺れて、まるで湊に合図を送るかのように様々な形に動いた。そのたび、バサバサと統制の取れた音がする。

思わず銀兵衛を追った薙左の目にも鮮やかに、大漁旗があちこちで振られ続けた。さらに、ドンドン、ドドドンと調子のよい太鼓の音が鳴り響いた。これまた、色々な所から聞こえはじめて、お互いに何かを知らせ合っているのであろう、しだいに激しくなった。

すると——。

入り組んだ入り江の島影から、小舟が一艘、二艘……さらには十艘、二十艘……いや、さらに五十艘、百艘と、水面を埋めるほどの数が次々に現れて、帆を広げ、しだいに船足を速めて、燃えている大灘丸の方へ近づいていった。その船団は、まるで大きな甲虫に立ち向かう蟻の群れのようにも見えた。

湊の船着場まで降りると、さっき会ったばかりの勝蔵が腕組みして、次々と漕ぎ出す船を見送っている。薙左と共に降りてきた柳吉は、勝蔵の側《そば》に駆け寄ると、

「俺も一丁！」

と声をかけて、小舟に乗り込むと、物凄い勢いで漕ぎ出した。絹を刃物で切り裂くように、一直線の航跡を描きながら、柳吉の小舟も燃え上がる廻船の方へ向かった。

立ち尽くす薙左に、銀兵衛が手招きをした。

「おまえはどうする。高みの見物と洒落込むか。それとも、俺と一緒に闘うか」

「闘う？」

「そうだ。あの煙は戦の狼煙《のろし》だ……御船手頭向井将監に命じられて、火を放ったに違いあるまい。戦が始まるのだッ」

立ち向かおうとする銀兵衛に、険しい顔の勝蔵が目顔で頷いた。そして、たった一言、

「死んでこい」

と呟いた。

銀兵衛はニヤリと笑うと、襷がけをして小舟に乗り込んだ。

船着場から離れる寸前、

——ひらり。

薙左もその船に飛び乗った。なぜだか自分でも分からぬ。ただ、どうしても自分の腕で戦は止めたい。その願いだけが、重く体にのしかかってきていた。

七

猛烈な炎が油に引火するのか、時々、ぼうっと不気味な音を立てて巨大になった。まるで燃える大蛇《だいじゃ》だった。

周辺に集まった小舟は、海水を汲み上げる竜吐水《りゅうどすい》でせっせと消火にあたったが、焼け石に水であった。燃えやすい荷物が多いせいで、どんどんと炎が大きくなり、まったく手がつけられなくなった。

だが、風に煽られて火の粉が飛んだり、波に流されて炎の塊《かたまり》が陸に近づいたりすれば、周辺の湊町や村々も危険である。

「火を飛ばすな!」「消せ消せえ!」「水をかけろ!」「船を止めろ!」

などと海賊たちは掛け声をかけながら、碇を固定させて、炎の化け物になった廻船を懸命にその場に留めようとした。

船上で荷分けなどをしていた者たちの中には、炎に包まれて海に飛び込む者もいた。海面に落ちるたびに次々と飛沫《しぶき》があがって、死にものぐるいで近くの小舟にしがみついた。

そんな光景を遠くから見ていた薙左は、自分が何もできずにいることに愕然となった。とにかく、ひとりでも助けねばなるまいと、火の海となった船から飛び下りる人足たちを救おうとした。が、薙左が出る幕もなく、海賊たちは素早い動きで次々と、助け上げていた。

すると——。

その燃える廻船の近くに集まった小舟の周りに、三十石から百石くらいの船が次々と集まってきた。形は、金昆羅船《こんぴらぶね》や五大力船、イサバ船のような海でも川でも利用できるものばかりで、中には大砲《おおづつ》を乗せたものもある。

どの船にも、まるで戦国時代に舞い戻ったかのような兜《かぶと》に甲冑《かっちゅう》を着込んだ兵士が、ずらりと並んでいる。しかも赤備えで異様な不気味さがあった。どの船にも、丸に三つ葉葵、徳川家の家紋がついている。

「あれは……幕府御用船の……」

と薙左が思ったときである。

戦陣でいえば、鶴翼《かくよく》の構えになりながら、船団は徐々に廻船の周りに近づいてきた。

船の炎を消すことに気がいっていた海賊衆は、まさか幕府の船団が近くまで来ているとは思わず、ほとんどが舳先を廻船に向けてある。しかも、筏のように船縁を揃えているので、急に方向変換をすることもできず、櫓の舟は後ろに戻ることが難しい。

俄にバラバラの動きを始めた海賊衆を嘲笑うかのように、法螺貝《ほらがい》が鳴り響いた。鶴翼の構えの先頭にあたる百石船には、向井将監自身が乗り込んでいて、陣頭指揮を執っていた。

居丈夫で立派な風貌は、いかにも戦国武将のようであり、決死の覚悟に見えた。遠目に見ても迫力があるくらいだから、近寄れば斬られる殺気が漲《みなぎ》っているに違いない。

「幕府の水軍だア！」「怯むな、かかれえ！」「倒せえ、沈めろ！」

などと口々に叫ぶ海賊衆たちの声も、霞ヶ浦に響き渡るほどの大きな塊となった。

幕府軍の法螺貝は鳴り続いて、じわじわと迫ってくる。廻船を囲む海賊船団の周りをさらに大きく包むように、幕府水軍が押し寄せてくる。

海賊衆も小廻りをきかせながら、怒声をあげて反撃の態勢を取り、弓矢や槍で応戦する構えを見せた。岬の山肌には、色とりどりの大漁旗が動いており、それを見ながら、海賊衆も戦陣を組み立てていた。

そのとき――。

ドン、ドドドン！　ドドン！

と数発の大砲が発砲され、鳴り響いた。その弾丸はいずれも、炎に燃える廻船の近くに落下して、激しい水飛沫を上げた。途端、小さな川は吹っ飛んでひっくり返り、その勢いで海に投げ出される者が多かった。

あちこちで悲痛な声が響く。波に飲み込まれる人影もある。

一瞬にして、地獄の海と化した状況に、薙左は思わず、ぐいぐいと櫓を漕いで、幕府水軍の先頭船の前に進もうとした。銀兵衛はそうはさせじと止めようとしたが、薙左が強く押しやって、

「このままでは、海賊衆がみな殺されてしまいます。それでいいのですか。あなた

は大将でしょう。無駄に自分の兵を殺してよいのですか」

「櫓を放せ、早乙女」

「だめです。犬死にはさせるべきではありません。逆らわなければ、向井将監様は命を奪いません。降参して下さい」

「分からぬ奴だな。俺たち海賊衆は勝負を諦めたわけでも、逃げたいわけでもない」

「しかしッ」

「こうなったときの準備はしていたのだ」

「じゅ、準備？」

「そうだ。廻船に火を放ったのは向井将監のやったことだ。だが、こういう日が来ることは、粗方、予想していた」

「予想していたとは……まさか、佐久間さん……」

俄に不安になる薙左に、銀兵衛はにんまりと勝ち誇ったように笑って、

「俺は向井将監のもとで水主同心頭を務めた男だ。やり口くらいは分かる。既に霞ヶ浦に、漁船や荷船に〝変装〟させて、沢山の船を配置していたことも、先刻、承

知していた」

「…………」

「返り討ちにあわせる。そして、二度とこの地に……いや、この霞ヶ浦に踏み込めぬようにして、最も幕府にとって厄介で恐ろしい海賊にする」

銀兵衛は貧民を守る執念というよりは、誇大妄想に陥っている。そう察した薙左は、必死に訴えた。

「待って下さい。戦をすればまた、それこそ貧しい人や怪我人、死人が増えるだけではないですか。ここは私に任せてくれませぬか」

「私に任せろ、だと？」

「はい。誰も血を流さず、そして、不作や不漁、天災などで悲惨な暮らしを余儀なくされている人々が幸せになる道を考えようじゃありませんか」

さらに薙左を押しやって、銀兵衛は腰の刀に手をあてがった。

「貴様……私に任せろなどと、何様のつもりだ。かような合戦場で、ぐずぐず言い争っている暇はない。どけい！」

「いいえ。この櫓は放しません」

意地を張ったように薙左が櫓を握り締めたとき、

——ドドン、ドドドン！

また大砲の爆音が鳴り響き、すぐ近くの水面に着弾した。

海面が激しくうねり、薙左の乗っている小舟を押し上げた。その船底を突き上げられる勢いで、銀兵衛がふわりと宙を舞い、頭から海に落下した。

ズボッと鈍い音がして、そのまま沈んだ。銀兵衛の体がまっすぐ水底に吸い込まれるのが見えた。櫓を摑んでいたままの薙左は、弾き飛ばされることはなかったが、

「さ、佐久間さん！」

と声をかけた。だが、手の出しようがなかった。

「佐久間さん！　佐久間さーん！」

悲痛に叫ぶ薙左の声は届きそうもない。救命板を水面に投げたとき、ゆっくりと魚のように佐久間の姿が浮き上がってきた。

「よかった……助かったか……摑まって！　早く、板に摑まれ！」

と声をかけたとき、佐久間の体がうつ伏せになったまま浮かび上がって、だらりと血が溢れ出してきた。

背中や脇腹、胸などに爆弾の破片を受けたのか、すでに絶命しているように見える。それでも、薙左は必死に手を伸ばして、船に引き上げようとしたが、今度は静かに音もなく佐久間は沈んでいった。ゆっくりと木の葉のように揺られながら、沈んでいった。

薙左は声にならぬ声で、佐久間の名を呼んだが、もはやどうすることもできなかった。

意を決して振り返ると、幾艘もの海賊船がちりぢりに逃げ出している。大将である銀兵衛がいなくなったから、余計に混乱が生じたようだった。

銀兵衛が為すべき、次の手段は、おそらく他にも海賊船がどこかに控えていて、さらに外から幕府水軍を取り囲み、内側と外側から挟み撃ちにするつもりだったのであろう。だが、肝心要《かなめ》の銀兵衛が死んでしまったからには、兵は動かない。

——どうする、薙左。

自問自答しながら、櫓を摑んだ薙左は大砲や鉄砲、弓矢の犠牲になるかもしれないが、ひたすら、向井将監が舳先に立っている百石船に向かって漕ぎはじめた。しだいに近づいていくと、幕府水軍の船から、鉄砲で狙われているのが見えた。

だが、まだ〝射程距離〟ではない。しかし、向井に近づけば、必ず仕留められるであろう。向井将監の砲術は優れているからだ。

「撃つなら撃て……死んだっていい……異国の船が近海に現れる危難のときに、こんな戦ごっこをしていていいのか……」

呟きながら櫓を漕ぐ薙左の脳裏に、ほんの一瞬だが、父親の優しい顔が浮かんだ。

八

迫り来る百石船の舳先に、悠然と海賊衆を睨みつける向井将監の雄姿が現れた。

何度か見たことがある顔だが、一段と大きく、人を畏怖《いふ》させるように感じた。薙左がゆっくりと小舟を近づけると、幕府水軍の鉄砲衆が構えて狙いを定めたが、

「やめい！」

と向井は手を上げて止めた。薙左の顔に覚えでもあったのであろうか。それとも、あまりにも無防備ゆえか。

「船手奉行所同心、早乙女薙左でございます。向井将監様！　どうか砲撃はやめて

下さいませ！　海賊大将の銀兵衛は、今の大砲を受けて死にました！」

　薙左の叫び声に、海賊衆の方からも溜息と悲嘆の声が洩れた。同時に、あちこちから怒りの声も湧き上がった。同乗していた薙左が手を下したのではないかと疑ったような声だった。

　だが、薙左は怯むことなく、向井を見上げて、さらに声を強めた。

「後日、必ず、戸田奉行を通して、お話し申し上げます。海賊衆には海賊衆の訳があります。大変な事情がありますます。ですから、どうか、どうか！　この場は、お引き上げ下さい！　お願い申し上げます！」

　叫ぶ薙左の声は、霞ヶ浦の水面を過ぎる風さえ静めて、一瞬にして深閑となった。かすかに船底を打つ水の音だけが聞こえる。水中の音の消えたような世界で、薙左は懸命に続けた。

「いかなる理由があろうと、徒党を組んで海賊の所行を為したる者どもを見逃すわけにはいかぬ。大人しく縛につくならば、攻撃はやめる。さよう海賊どもを説き伏せよ」

「そちらが引くのが先です」

「控えろ、早乙女！　船手番同心の分際で、この幕府御船手頭に楯《たて》を突くというのか」

相手は大身《たいしん》の旗本である。船手奉行の戸田ですら、頭を下げねばならぬ御仁を相手に、薙左はそれでも必死に訴えた。

「向井将監様だからこそ申し上げるのです。この場はどうかどうか……でないと、またぞろ無益な殺生をせねばなりませぬ」

「こやつらこそ、無益な殺生を……」

「しておりませぬッ。生きるがためです。御公儀が見捨てた弱き者たち、貧しき者たちを救うがためだったのです」

「大義名分などどうでもよい」

「そんな……大義名分なのではありませぬ。本当に困った人々が……」

「黙れッ。貴様、いつから野盗の如き人間のクズになったのだ」

「に、人間のクズ……？」

「そうだ。人の物を盗むのは、人間のクズだ。生きていても仕方のない奴らだ」

薙左はじっと耐えていた。クズ扱いされようとも、ここで戦が始まれば、武力で圧倒的な優位に立っている幕府水軍に、海賊衆は手も足もでないであろう。

――この場に父上が立ったなら、どうするであろうか。

ふと薙左の脳裏をよぎった。

――自らが大将になって血の海になるまで闘うか。切腹をして許しを請うか。恭順するふりをして向井を斬るか。それとも……。

冷静になろうとしても、背には海賊衆がいて、目の前には幕府水軍がいる。自分は吹けば飛ぶような小さな孤舟《こしゅう》に過ぎない。

だが、この小舟が巨大な戦船を転覆させることもできるのではないか。薙左は青々と広がる空と無限のように見える霞ヶ浦の水面を眺めて、いかに自分たちが小さな存在であるかを感じた。

「あの大空から見れば……ここで行っている争い事など、ちっぽけなことなんでしょうねえ……取るに足らぬ、つまらないことなんでしょうねえ」

呟くように薙左が言ったとき、向井の耳に届いたかどうかは分からぬが、

「今すぐ立ち去れ。さもなくば、おまえも逆賊とみなし、成敗してくれよう。さあ、どけい、どくのだ」

青い空を仰ぎ見たまま薙左は、船床に座り、そして寝ころんだ。

薄い雲がゆっくりと動き、白い鳥の群れが鳴き声をあげながら飛んでいる。その空をぼんやりと見ている薙左の姿を、百石船の舳先の上から、向井はもう一度、強い口調で、

「そこをどかねば、撃つ！」

と脅しをかけた。

それでも、薙左は自分で腕枕をして空を見上げたまま、

「——白草原頭京師《はくそうげんとうけいし》を望めば、黄河水流れて尽くる時なし、秋天曠野行人《しゅうてんこうやこうじん》絶ゆ、馬《ば》首東来《しゅとうらい》知んぬ是《こ》れ誰《たれ》ぞ」

曠野を行くのは自分ひとりで寂しい。都に逃げ帰りたい衝動を中国の詩人が詠んだものである。

薙左は半ば自棄になったように、声高らかに吟じると、思わず手を伸ばしたところに旗があることに気づいた。山肌に幾つも立っていた大漁旗だった。

「…………」

しばらく、それを見ていた薙左に、ふいに銀兵衛の思いが、そして、亡き父親の

海賊衆を救いたいと願う心が突き上げてきた。どういう考えで、なぜ公儀を裏切り、賊将となったか、薙左には頭で理解できなかった。だが、腹の底から込み上げてくる何かが、湧いてきたのである。

おもむろに薙左は大漁旗を掴み、ゆっくりと立ちあがると、左右にバッサバッサと振った。すると、山肌に立っていた無数の旗が、薙左に呼応するかのように大きく揺れた。

それを見ていた向井は、むっと唇を噛みしめて、

「貴様。どうでも、戦いを挑むようだな。愚か者めが」

と怒声をあげた。

その声が合図かのように、鉄砲組が前に出て銃を構え、目当てを薙左に固定した。後は引き金を引くだけであった。

すると——。

ドン、ドドドン、ドン、ドドドドン。

不気味な太鼓の音とともに、幕府水軍を大きく取り囲む海賊の船団が四方八方から現れた。舟は小ぶりだが、何処に隠れていたのかと思うほどの数の舟が、大漁旗

を掲げて、じわじわと遠巻きに近づいてくる。

高瀬船、小高瀬船、ひらた船、茶船、伝馬船《てんません》、舫船《もやいぶね》……色々な種類と大きさの海船と川船が入り混じって、まるで水中から湧いて出てきたかのように現れた。利根川水系、荒川水系、さらには常陸那珂川《なかがわ》、鹿島灘のものと思われる船も、いつの間に来ていたのか、ゆうに五千艘を超えて集まっている。

バタバタと物凄い音で羽ばたく大漁旗の音が、じわじわと近づいてくる。それらは無言の集団に見えた。だが、武器も持たず、ただただ大漁旗を掲げて水面を埋め尽くすような船団に、向井は怒りを覚えると同時に、得体の知れない恐さも感じたに違いない。

まるで百万の味方を得たかのように、勝ち鬨をあげた海賊衆の船からも、天を突き破り、水面を割ってしまいそうな怒濤の声が湧き起こった。

「エンヤートットナー！　ぶっ壊したいわいなー！　エンヤートットナー！　飯食いたいわいなー！　エンヤートットナー！　腹減ったわいなー！　エンヤートットナー！　子供可愛いわいなー！　エンヤートットナー！　ぶっ壊したいわいなー！」

誰が指揮を執っているわけでもないが、ひとつの大きな声となって、船団がじわじわと幕府水軍に迫った。

大砲や鉄砲を装備した幕府水軍であっても、大小合わせても、わずか数十艘である。鶴翼の陣形も、少しずつ壊れていって、巨大な鰯《いわし》の群れに囲まれた鮪《まぐろ》に見えてきた。

だが、ただの鰯の群れではない。巨大な魚でも食い尽くしてしまいそうである。

「エンヤートットトナー！　白河夜船がよー！　エンヤートットトナー！　大明神がー！　エンヤートットトナー！　お助け船でよー！　お守りするがよー！」

海賊衆の声、そして川衆、船乗りなどの声がひとつになって、さらに大きく天に轟《とどろ》き、霞ヶ浦に響き渡った。もしかすると、薙左が白河大明神の倅だということが、海賊衆に伝わっていたのかもしれぬ。

その巨大な船団の先頭船を見やった薙左は、アッと目を凝らした。

鮫島が大漁旗を振り、世之助が櫓を漕いでいるではないか。

「――さ、サメさん……!?」

薙左もそれに呼応するかのように、全身を弓なりにして、激しく旗を振り続けた。

いつまでも、いつまでも、海賊衆の声は響いていた。

それから半月程して、船主の勝蔵は霞ヶ浦をはじめとする関東一円の海賊衆の頭領として、向井将監と〝手打ち〟をした。

間を取り持ったのは、船手奉行の戸田泰全であることは言うまでもない。

若年寄支配の川船奉行は、元々の関八州の河川に、伊豆、相模を加えて、その周辺の海辺まで支配地を広げた。それを引き継いでからは、房総半島、江戸湾、相模湾、駿河湾はもとより、銚子、香取、鹿島の方も支配していた船手奉行所が、

「向井将監様は支配違いである」

と主張して、海賊事件の収束を試みたのであった。

むろん、海防は幕府水軍の仕事であるが、盗賊、殺しなどの〝犯罪者〟の捕縛や裁判などは、船手奉行の務めである。直ちに、戸田の進言により、また北町奉行の遠山左衛門尉の後押し、そして老中久松肥後守の尽力もあって、海賊行為をせざるを得なかった人々の暮らしを向上させるべく、幕府は手を打つことになった。

事態が好転した頃——。

いつもの鉄砲洲稲荷前の居酒屋『あほうどり』に集まった加治、鮫島、世之助が

一献《いっこん》、傾けていたが、薙左は姿を現さなかった。

女将のお藤と小女のさくらは、薙左のことを心配していた。

「ねえ、加治の旦那……あの一件以来、薙左さん、ちっとも来ないけれど、何か責めを負わされたンじゃないでしょうねえ」

「いや、大手柄だ。柳吉のことも南町に送って、ふつうの暮らしに戻ると一件落着したし、海賊の真似事をしていた奴らは、それなりの刑に処したが、死罪は免《まぬが》れた」

「だったら、一緒に飲めばいいのにねえ」

さくらは、鹿島灘で獲れたスズキなどの刺身を運んで来て、

「近頃は、よく霞ヶ浦まで行って、『白河大明神』とやらにお参りするンだって」

「白河大明神……？　白河夜船と関わりあるのかねえ」

知ってか知らずか、鮫島は首を傾げて盃を傾けた。

もちろん、薙左は霞ヶ浦で見聞きしたことは一切、誰にも話していない。銀兵衛が向井将監の家来の佐久間であったことも、白河大明神として祀られているのが、自分の父親であることも。

「俺は知ってるぜ」

と加治はにんまりと笑った。

「え、何をですか」

世之助が振り返ると、加治はぐいと酒を呷ってから、

「お奉行から密命を帯びて、どこぞ遠くの……たしか最上川《もがみがわ》の方だと思うがな。あの辺りも、幕府にとっては重要な川船支配地だからな」

と言うと、

「五月雨《さみだれ》をあつめて早し最上川……松尾芭蕉っていいわねえ」

さくらが切り返した。

みんなの頭の中に、ひとり旅をする薙左の姿が思い浮かんだようだった。

「大丈夫かねえ」

誰かが心配そうに言うと、

「まあ、大丈夫じゃねえか。いや、今頃は早瀬に流されているかもしれねえな。でも、奴なら、岩に頭をぶつけても、絶対に溺れないだろうよ」

加治が笑うと、鮫島たちも一斉に大声で笑った。

ほんの束の間《つかま》の安らぎにひたる船手の猛者《もさ》どもの笑い声が、一晩中、続いていた。
海鳴りは大きく高く響いている。

この作品は書き下ろしです。

船手奉行《ふなてぶぎょう》うたかた日記《にっき》

海賊ヶ浦《かいぞくがうら》

井川香四郎《いかわこうしろう》

平成23年10月15日　初版発行

発行人――石原正康
編集人――永島賞二
発行所――株式会社幻冬舎
〒151-0051東京都渋谷区千駄ヶ谷4-9-7
電話　03(5411)6222(営業)
　　　03(5411)6211(編集)
　　振替00120-8-767643
印刷・製本―中央精版印刷株式会社
装丁者――高橋雅之

幻冬舎時代小説文庫

ISBN978-4-344-41759-5　C0193　い-25-7